———————— 阅读之前 没有真相

午 夜 文 库

枭獍

时晨 著

新 星 出 版 社　NEW STAR PRESS

第一章

1

  虎城区位于川东市的南面，虽然也属市区范围，但与位于中心地段的广福、华龙两区相比，不论是房价还是配套设施都差得很远。也难怪如此，就在十年以前，这里还完全属于川东市的边陲之地，几乎都是农舍田地，而如今却建起了成排的商业街和数不清的高档住宅区。这样的景况，与川东市近年来高速的经济发展是分不开的。

  对于地产开发商来说，虎城区将来的发展前景非常好。就去年来说，虎城区交通建设新开工项目就有十七个，交通基础设施的建设，加速了当地的房地产项目，为进一步繁荣区域商业助了一把力。经济发展的同时，城乡居民养老保险工作也不容忽视，巨大的养老需求也带来了商机，去年在昆仑街道落成的"乐福园"养老院就是其中的代表。

  乐福园位于虎城区的中心地带，北靠新建的楼盘香山丽都，西南面是虎城二中，东边是区人民医院，再往前就是渠江了。相比老式的养老院，乐福园不论是设施还是服务，都堪称行业标杆，不仅如此，乐福园的服务费用也远远低于同行业。据说，是因为乐福园的老板是位大善人，做跨境贸易起家，生意做得很大，近年才开始涉足公益行业。

  徐述圣在恒荣路与洪州路的十字路口停下了脚步。去乐福园探望老友之前，他总会去水果店买一点吃的。他来到摊子前，挑了十几个橙子，又拿了几个火龙果，然后去柜台结账。退休之后,他和另外两个朋友经常聚在一起,他们年龄相近,又都是没有家室的人,玩得晚了,也不会有人打电话来催。

水果店老板娘肤色偏黑,体形肥硕,身上穿着一件紫红色的衣服,看着像一只懒洋洋的海豹。此时,她正坐在柜台后刷着抖音,手机里不时发出奇怪的笑声。老板娘接过徐述圣手里的水果,拿去称重,整个过程眼睛都没有离开屏幕。

"四十!"老板娘用右手指尖敲了敲柜台。

台面上,用胶带贴着两张二维码,一张是微信的付款码,另一张是支付宝的。

这些年开始流行二维码付款,徐述圣起初很是头疼。他今年六十五岁,用现金付款几十年,忽然让他改变支付习惯,一开始还有些别扭。不过现在好多了,邻居小刘的儿子教了他几次,他已经能应付自如,但他对智能手机的应用,也仅限于扫二维码付个款,发发微信语音,至于手机里各式各样的App,他一窍不通,也毫无兴趣。

徐述圣没有还价,按照老板娘开的价格付了款。支付的整套流程,他操作起来,还是有点缓慢,幸而老板娘的注意力都在她的手机上,并未出言催促。

"支付宝收款,四十元。"

老板娘背后响起了电子音,徐述圣的心也定了下来。他拎起水果,转身走开。

然而,老板娘自始至终都没抬眼看过他,仿佛徐述圣从未存在过,也未在她的水果店里买过东西。她只是躺在椅子里,拇指不停划动,表情随着屏幕不停变换着。时而悲恸,时而喜悦,她大笑的时候,层层叠叠的下巴也会随之抖动。

每当这个时候,徐述圣总会感叹自己老了,不理解现在年轻人的喜好和思维方式。现在的年轻人好像不需要社交了,他们盯着一部手机就可以度过一天。

他和老戴、老钱讨论过这种现状。老戴直言不讳,说:"现在的年轻人可比咱们那时候强多了,那电脑计算机多复杂?不得不服啊!"

徐述圣听到这话,总是缓缓摇头,加以否定。"此言差矣!计算机复杂?计算机复杂得过人脑?复杂得过这世界?大千世界,万事万物,都需要我们的视觉、嗅觉、触觉去感知,用我们的大脑去思考和分析,而现在的年轻人,放弃对外在世界的追求,如鸵鸟般把头塞进屏幕,用别人设计好的条条框框,去规范自己的思维,这难道是进步吗?是退步!"

每当两人要吵起来时,老钱总是出来打圆场。"两个都半截身子入土的人了,还吵什么吵?老徐你脾气要改改,我知道你以前是中学老师,但也别仗着自己是知识分子,就总是打压别人的观点。人家老戴的话也不是没有道理。还有你,老戴,别总和老徐抬杠,他这人爱较真儿,每次你又说不过他,省点力气不好吗?"

老戴听了,笑着挥了挥手。"好好好,我让他,我让他!"

徐述圣板着脸。"话说清楚,谁要你让?明明就是你道理讲不过我!"

老钱苦笑着劝道:"好了,谁也别多说了,下棋!下棋!"他总是一边说,一边将棋盘上的黑白棋子收拾干净。老钱的脾气是真的好,相识几十年,徐述圣从未见过他和谁翻脸,再浑蛋的人惹他,他也总是一笑置之,颇有些唾面自干的意味。

他们三人的相识,也是因为下棋。

当年的娱乐活动不像现在这么多,徐述圣不爱跳舞、不爱打麻将，也不爱唱卡拉OK，除了看书之外，唯一的兴趣就是下围棋。但是棋友难寻啊，身边的人不是棋力不济，就是把围棋当成五子棋的门外汉。徐述圣兜兜转转，终于在人民公园找到了几个爱下围棋的中年人。一来二去，几位棋友也熟络起来。与徐述圣关系最好的有两个人：一个名叫戴兴华，就职于灵水铁厂；另一位叫钱志国，在川东人民医院内科工作，是个医生。

徐述圣走到乐福园养老院门口，一位护工热情地迎了上来。这位护工年纪在三十岁上下，是个漂亮的女孩，身上披着一件白大褂，冲着徐述圣嘘寒问暖。徐述圣见她面生，问是不是新来的，果然这位女孩才第二天上班。

"大爷，您是不是来参观咱们乐福园的呀？"

"不，我找人。"徐述圣用手指了指楼梯，"我朋友住你们这儿。"

得知他是要去二楼找钱志国，女孩脸上的笑容立刻消失了。她无精打采地"哦"了一声，然后把徐述圣丢下，自顾自走开了。这种情况徐述圣早就习惯了。他知道年轻人工作不易，这些孩子也就想靠招客入住，拿点业绩奖金。

乐福园养老院确实不错，只是他不喜欢被束缚，再老也要自由自在地活着。而老钱则被人伺候惯了，前半生尽是衣来伸手饭来张口的日子，完全没有自理能力。

徐述圣没去排队等电梯，而是直接走了楼梯。反正才两层楼，就当锻炼锻炼身体。钱志国的房间在楼梯口左手边第二间，是一间宽敞的单人间。徐述圣没敲门，喊了声"我来了"就直接推门而入。屋子里就钱志国一个人，躺在床上看着电视，屏幕上有个西装笔挺的外国人正在说话，徐述圣光听声音就能辨别，这是二十世纪八十年代的译制片。

"老戴还没来?"徐述圣将水果放在桌上,去卫生间洗手。

钱志国"嗯"了一声,没再说话。

徐述圣打开水龙头,简单冲洗了一下手掌,又接了点自来水,用毛巾将头和脸都擦了一遍。脸擦干净了,满头雪白的银发,也被他擦拭得服服帖帖。他看了看镜子里那张被岁月摧残的脸,面容清癯,皱纹横生,已不复年轻时的英俊,但眼睛里还是透着一股不服输的劲儿。

他洗了把脸,果然神清气爽。

徐述圣从卫生间走出来,立刻感觉屋内的气氛有些不对劲。

此时钱志国的状态十分颓丧,下半身埋在被子里,上半身靠着枕头,光秃秃的脑袋上泛着油光,眼皮耷拉着,双目的视线没有焦点。他比徐述圣胖了一圈,鼻梁上架着一副老花镜,背弯得像一只煮熟的河虾,比上次见面,给人感觉他老了十岁。

他手里拿着手机,屏幕还亮着,好像在和谁发微信。

徐述圣忙问:"你怎么啦,没精打采的,是不是病了?"

钱志国缓缓摇了摇头。

徐述圣急了,走近床边,拍了拍他的肩膀。"到底怎么了?"

钱志国张开嘴,微微喘着气。

"老徐啊,我……我完了!"

2

徐述圣愣住了,双眼直直地盯着钱志国的脸,不明白这句话什么意思。

几乎在同一时刻,他的胃开始抽痛,里边像藏了一把金属调羹,正无休止地刮着胃壁。这种感觉让徐述圣喉口灼热发烫,整个口腔里也充斥着酸水。

"怎么啦？"

"我不想活了。"钱志国合上双眼，眼角深深的皱纹使他整张脸更显忧愁。

"到底发生什么事了，你给我说说？"

这时手机响了一下，但钱志国纹丝未动。

徐述圣忽然意识到了什么，追加了一句："是瞿文珍的事？"

钱志国点了点头，但眼睛始终没有睁开。

"她女儿还是不同意你们在一起？"

尽管钱志国没有回答，但徐述圣心里已经有了答案。他明白，这件事对老钱的打击确实太大了。让他没想到的是，老钱这些年对瞿文珍母女无微不至的照顾，最后竟换来这样的回应。他们一路走来，磕磕绊绊，真的是不容易。

这一切，徐述圣都看在眼里。

曾经有人形容老年人的爱情，就像老房子着火，没得救。钱志国对瞿文珍的爱情就是如此。二十多年前，钱志国的前妻婚内出轨，和他离了婚。出轨对象是个香港老板，是她的上司。钱志国的前妻很漂亮，五官秀气，人也白白净净的，所以刚进公司就被大老板盯上了，做了他的私人秘书。两人相处了一年，前妻对她的老板也渐渐产生了情愫，最终没抵挡住老板的追求，越过了道德的边界。

这件事，钱志国是最后知道的。起初他并不愿意，但他的岳丈和岳母竟然亲自出面劝他离婚，这是他做梦都想不到的。无奈之下，他只得同意。

因为两人没有子嗣，财产方面，前妻也愿意净身出户，所以离婚手续很快就办好了。临走时，前妻留给钱志国一句话，她说:"你人很好,就是不懂女人的心思。"

前妻离家的那天,钱志国一宿没合眼,反复琢磨这句话的意思。

他不明白自己输在哪里。是因为钱吗?他每个月工资也都上缴给妻子,自己留得不多。是因为生活没情趣?可能吧,医院的工作量大,回到家后,夫妻两人的交流也很少,加上没有孩子,共同话题就更少了。

与前妻离婚后,钱志国就一直单着。也有人出于好心,替他介绍对象,各式各样的都有,但钱志国特别挑剔,不是嫌弃人家年纪大,就是觉得对方不漂亮,一一回绝了。徐述圣也曾劝他,说:"都这把年纪了,找个凑合过日子的就行了,你当相亲是选美啊?"可钱志国也有自己的坚持,不想要没有爱情的婚姻。往后,钱志国就再也没去相过亲,给他介绍对象的人也渐渐少了许多。大家都知道这老头挑剔,难搞。

钱志国本以为自己会这样度过下半生,然而在五年前,他遇见了瞿文珍。

起因是一场街道举办的老年医学讲座,钱志国退休之后,出于身体的原因,没有接受医院返聘邀请,但这种公益性质的讲座,他还是很乐意参与的。一方面可以帮助老年人增加一些医疗知识,一方面也打发一下无聊的时间,权当消遣。

讲座的举办地是位于广福区的川东图书馆。那天,钱志国很早就去了,他习惯如此,早点儿到场,可以复习一下演讲的稿子。然而有个听众比他更早到场,那就是瞿文珍。瞿文珍比钱志国小三岁,样貌只能说普通,但气质很好。钱志国和她聊了几句,发现两人特别投机,兴趣爱好以及脾气秉性都很接近。讲座结束后,瞿文珍还主动要了钱志国的微信,说将来有什么健康问题,可以咨询一下他这位当医生的。钱志国嘴上说着"身体不舒服,最好还是去医院检查",但心里却乐开了花。

他很久没有体会到这种感觉了。

两人的关系急速升温,经常出来吃饭聊天,有时候还会一起去看场电影。钱志国从瞿文珍这里了解到,她和丈夫离婚已经有十年了,有个二十多岁的女儿,随她一起生活。她女儿在银行上班,事业发展得不错,对她也很孝顺。母女俩相依为命,感情特别好,只是有一件事让瞿文珍特别头疼,就是女儿一直在撮合她和前夫复婚,但瞿文珍自己并不愿意。

他们分手的原因是家暴。瞿文珍的前夫有暴力倾向,而且十分善妒,但凡她和男人说话,回家总免不了被质问一顿,若她言语间稍有不满,前夫便加以拳脚。这种日子,瞿文珍忍了十多年,终于在一次冲突中,她爆发了。

那一天,她因加班晚回家,被前夫怀疑在外面和野男人偷情,两人随即发生口角。前夫本来就理亏,加上口拙,辩不过瞿文珍,便恼羞成怒,将她按在地上毒打。瞿文珍在单位被领导数落,加班加到半夜,回家后又遭到这样的冤枉,整个人顿时崩溃了,也不知她哪里来的力气,一把将前夫推倒在地,冲进厨房取了菜刀,就要出来和他拼命,嘴里喊着要杀了他。前夫见状,也惊呆了,这哪里是从前那个逆来顺受的妻子?简直是个疯婆子!

女儿从房间里出来,见到这样的情况,吓得哭出声来。听见孩子的哭声,瞿文珍心软了,举在半空中的菜刀,无论如何都砍不下去。前夫见自己捡回一条命,骂骂咧咧地逃了出去。过了一会儿,邻居报警,警察把瞿文珍带去了派出所。冷静下来的瞿文珍做出了一个决定——离婚。无论如何也要离婚。这样的日子,她一秒钟也过不下去了。

前夫当然不愿意，劝她什么"床头打架床尾和""一日夫妻百日恩"。如果是从前，瞿文珍或许会被他的花言巧语说动，然而这一次，她是吃了秤砣铁了心，一定要和眼前这个男人分开。见瞿文珍态度如此坚决，前夫也沉下脸，威胁说离婚可以，让她搬出去，女儿随他。女儿是她的心头肉，瞿文珍自然是不愿意的，于是两人展开了长达两年的离婚之路，最终，法院把女儿判给了她，房子拍卖，钱一人一半。

　　离婚之后，瞿文珍带着女儿，在一间三十平方米的小出租屋里，前夫周末会来看看孩子，补贴一点生活费。母女俩就这样，相依为命，度过了一个又一个春夏秋冬。作为孩子，瞿文珍的女儿丁敏在内心深处还是惦记着父亲。尽管父亲不太称职，喜欢对母亲动手动脚，一言不合就暴怒，但平心而论，他对女儿还是不错的，想买什么衣服，想吃什么美食，只要在经济能力范围之内，父亲都会满足她。所以，在丁敏内心深处，还是希望父母能够复婚，而且她坚信，随着两个人年纪越来越大，脾气也会慢慢变好。

　　就在丁敏满怀期待，希望他们一家三口可以重聚时，钱志国出现了。令丁敏无法理解的是，这个相貌平平，甚至是个秃头的钱志国，竟让母亲瞿文珍重新焕发出青春少女般的活力。这样的母亲，是她从未见过的，就连她这个宝贝女儿，也无法做到。

　　所以，自打钱志国出现那一刻开始，她就视他为敌人，极力反对母亲与他交往。

　　丁敏的小心思，做母亲的瞿文珍却没有发现。对于丁敏厌恶钱志国的理由，瞿文珍想破脑袋也想不明白。深夜时分，她总是会陷入沉思，老钱对她这么好，比她那个不成器的父亲好得多，为何女儿还是这么不待见老钱？毕竟是亲生女儿，虽然老钱是她的意中人，却也不能完全不理会孩子的想法，否则将来的日子还怎么过？

这些年来，钱志国和瞿文珍一直偷偷联系，像是学生时代躲着父母般，躲着女儿丁敏交往。丁敏每次发现，总少不了回家和母亲大吵一场。渐渐地，不只瞿文珍，就连钱志国都觉得累了。他们这把年纪，哪里还经得起三天一小吵，五天一大吵的日子？退休的人，无非就是图个清静，过几年自在的生活。

所以，钱志国决定和丁敏摊牌，自己确实有意娶她的母亲，希望她能同意。他还发誓，一定会对瞿文珍好，也会对她好，将她当成自己的亲生女儿。这些话，钱志国编辑了很久，终于鼓起勇气，发送给了丁敏。他本以为，自己的勇气和决心可以感动丁敏，谁知对方回复的消息，竟是如此伤人。

丁敏很明确地告诉钱志国，让他不要再打母亲的主意，只要她还活着，绝对不会让母亲嫁给别人。而且，她也不需要钱志国把她视若己出，她有父亲，而且还活着，他们的关系也不错。最后她奉劝钱志国，岁数都这么大了，不要给脸不要。破坏别人的家庭是恶劣的行为，希望他做一个有道德的老人。

而这一切就发生在徐述圣踏进房间的前十分钟。

徐述圣从钱志国手心里抠出手机，一字不落地将他们的对话看了一遍。他心里暗忖，瞿文珍的女儿岁数不大，嘴倒是像把刀子似的，什么话难听说什么。这些话钱志国看在眼里，真是字字诛心。幸好老钱性格温顺，换作戴兴华，恐怕会当场气出高血压。

"老钱，小孩不懂事，你也别往心里去。"

徐述圣想说点安慰的话，却不知道该说些什么合适。但多少总要说点儿，让这间屋里的气压别这么低。

"算了吧，"钱志国取下眼镜，用双指揉了揉眉心，"真的是累了，折腾不动了。"

"瞿文珍呢？她什么态度？"

"女儿是她的命根子，你说她什么态度？"钱志国反问道。

徐述圣闭上了嘴。

钱志国又道："老徐，我这一辈子啊，过得真是窝囊。从前老婆给我戴绿帽子，骂我王八，我不敢还嘴。现在对象的女儿骂我老不羞，说我是破坏他们家庭的第三者，我连个屁都不敢放。你说说，像我这种窝囊废，还活在世界上干什么？"

"话不能这么说……"

"你不懂，你……哎，我知道你也不好过，咱们都是苦命的人。"钱志国低下头，用一种极为缓慢的速度摇了摇头，仿佛所有的气力都已经被刚才的对话耗尽。

徐述圣知道钱志国刚才想说什么，碍于他的面子，才没有继续下去。

确实，他们两个都是苦命的人。

但如果说谁的命更苦一点，那么钱志国这点遭遇，在徐述圣的痛苦面前还排不上号。

看着丁敏发来的短信，徐述圣心想，如果他的儿子没死，现在岁数应该和这个丁敏差不多大吧？

毕竟瞿文珍和亡妻也是同岁。

3

徐述圣是川东中学的数学老师。虽然因为学历不够，一直没有评上高级教师，但他数十年在岗位上兢兢业业，带出来的学生，不少都考进重点高中。因此，他退休之后，有不少教育机构想要挖他过去，徐述圣却一一谢绝。他给出的理由，一方面是年岁渐长，带中考生的教学任务繁重，他已经力不从心了；另一方面，如今他孑然一身，手头的退休金也正好够用，他更想用剩下的时间，好好享受生活。

有时候徐述圣也会想，假设妻儿都还在世，他会怎么选择呢？或许会去补习班教书吧？儿子结婚的话，还需要一大笔钱，买房啊，彩礼啊，都是得花钱的地方。对了，还要买辆轿车，将来有了孙子，长大读书，他也可以负责接送。可惜没有假设。这种事他不能多想，就像止痛剂，一针下去可以减轻痛苦，可待药劲儿过去，回到现实，便会老泪纵横，止也止不住。

徐述圣的妻子名叫张丽萍，他们两人相识于学校，张丽萍也是教师，教的是语文。他们相差两岁，相识之后，徐述圣被张丽萍温婉的性格所吸引，对她展开了追求。两人深入交流后，徐述圣的学识和谈吐也让张丽萍刮目相看，她对他产生了些许好感。起初这并不是爱情，只是好感。但日久生情，最后他们还是步入了婚姻的殿堂。结婚后的第二年，张丽萍怀孕了，临盆那天，徐述圣决定不论男女，都给孩子起名叫徐逸，希望他一生能够潇洒超逸，不受他人左右。

徐逸是个男孩，长得不像徐述圣，倒像是和他妈从一个模子里刻出来的。徐述圣和张丽萍对他的教育十分严格，徐逸也不负父母的期望，一直是班里的尖子生，一路考上重点高中、名牌大学。毕竟父母都是教师，这种得天独厚的条件，不是所有孩子都有的。因为大学是西南大学，所以毕业之后，徐逸就留在了重庆找工作。可谁会想到，他精彩的人生才刚刚开始，就遭遇了厄运。

徐述圣永远不会忘记那个雨夜。

大约凌晨一点，他接到重庆市公安局的电话，被告知他的独子徐逸可能遇害的消息。对方的话让徐述圣以为自己在做梦，整个人完全是蒙的。待他醒悟过来，他感觉浑身的血液都涌到了头顶。张丽萍也被电话吵醒了，她起身问谁打来的，徐述圣过了好久才回了一句话。

"穿上衣服，我们去趟重庆。"

夫妻俩赶到重庆时，天色开始泛白。他们被警方安排去认尸。停尸房在地下一层，温度很低，但徐述圣一点都不觉得冷，他感觉体内的血液在沸腾。藏尸柜的模样，他在警匪片里看过好多次，和电视上很像，像得让徐述圣感觉自己在片场，好像下一秒导演就会让他停下来，告诉他这条过。这种恍惚感直到徐逸冰冷的脸出现在他眼前才彻底被消除。

确实是儿子。自己从小养大的儿子，怎么会认错？

张丽萍哇的一声哭出来，她嘴里发出了一声怪叫，结婚数十年，徐述圣从未从妻子口中听过这种声音。这种声音不像是人类能够发出的，应该是某一种兽。他觉得自己很奇怪，见到儿子的尸体，竟会去想这种无关紧要的事。下一秒，他的心脏开始疼痛，这种疼痛也是他不曾经历过的。强烈的酸楚和悲恸瞬间袭来，徐述圣不知道此刻自己该作何反应。捶胸顿足地痛哭，还是当场晕倒在地？

实际上，他只是往后踉跄了一步，仿佛拉开一点距离，就可以暂时切断悲伤。

张丽萍伏在徐逸的尸体上，不停抚摸他的脸，呼喊他的名字。徐逸的脸上罩着一层死气，不论她如何抚摸，这层死气一直凝聚在那里。徐述圣知道，儿子再也回不来了。

根据警方的调查，徐逸的尸体是在北碚区缙云山被游客发现的，当时身上的财物已被洗劫一空，钱包和手机都没了，所以警方初步怀疑是遭遇了劫匪。所有的线索都指向抢劫杀人，徐述圣也不好说什么，但他心里隐隐有个疑问——儿子去缙云山做什么？他的工作地点明明在江北区，离案发地近五十公里的路程，而且他还是独自一人。

这种随机杀人的案子很难破获，警方的调查很快陷入了僵局。

在漫长的等待中，张丽萍的健康状态越来越差。由于过度思念儿子，她每天只吃很少的食物，还会半夜起床，拿出儿子小时候的照片，一页页翻看，默默流泪。这种情况维持了大约一个月，张丽萍终于爆发了。

她从七层楼高的居民楼一跃而下，结束了生命。

在张丽萍留下的遗书中，她不停向徐述圣道歉，并感谢他几十年来的照顾，但是她还是无法接受失去儿子的现实。她说，就在前几日，她梦见了儿子徐逸。徐逸告诉他，在那边很冷，很饿，很想念爸爸妈妈。张丽萍想去握住儿子的手，儿子的影像却慢慢淡去，最后融于黑暗。她告诉徐述圣，她想过去陪儿子。

徐述圣彻底崩溃了。

那段时间，可以说是他人生中的至暗时刻。若不是钱志国和戴兴华两位老友轮番陪伴，他可能也会头脑一热，随母子去了另一个世界。

胃部的痛感把徐述圣从回忆中拉回了现实。

钱志国察觉到他的异样，忙问道："你怎么了，身体不舒服？"

徐述圣坐在床沿，双手捂住腹部。"胃痛，老毛病了。"

"去检查了没有？"

"昨天去医院做了个胃镜，有点胃炎，应该问题不大。"

"年纪大了，胃难免出毛病。对了，我这儿有止痛片，你要不要吃一点？"

徐述圣伸手制止正要起床拿药的钱志国。

"不用了，这痛一阵一阵的，过去就好了。对了，老戴怎么还没来，都几点了？"

他们上周约了今天下午两点来养老院探望老钱，现在已经过了三点，戴兴华还没来。平日里聚会，就他最起劲儿，总是第一个到。今天确实有点反常。

"我问问他。"徐述圣取出手机，拨了戴兴华的电话，按了免提。

语言提示对方关机。

徐述圣与钱志国面面相觑，心里都明白对方在想什么。

太古怪了。

他们三人之中，戴兴华是最爱玩的，外面酒肉朋友也多，基本上二十四小时无休，只要你打电话找他玩儿，时间不是问题。所以自他们俩认识戴兴华以来，这老东西基本没关过机。

"不会出事了吧？"钱志国紧张道。

"出事，出什么事？"徐述圣回了一句。

"会不会在家晕倒什么的？他可是一个人住啊。"

身为医务工作者，钱志国第一反应是戴兴华的身体出了毛病。独居老人在家出点意外，是很常见的事，除了他住养老院，老徐和老戴都是独居，为此他特别担心两人，生怕出现意外，到时叫天天不应，叫地地不灵。况且戴兴华这人平日里也不注意健康，过两年就七十岁的人，还日夜颠倒，三餐不规律，烟酒更是从不离手，劝也劝不住。

徐述圣虽觉得他大惊小怪，但内心也隐隐有些不安，于是便道："不如我们去他家看看？"

钱志国点了点头。"也好，我披件外套，你等等我。"

为了老友的安危，他只得暂时将失恋的疼痛埋在心里。

他们到路边打了一辆出租车，一路上，两人都没怎么说话。

戴兴华家位于广福区的兴安街周家巷，是一处老式居民区，两人熟门熟路，往小区里走。门口的保安和他们相熟，打了个招呼，互相道了声好。戴兴华住四号楼，老小区没有电梯，五层楼全靠一双脚走上去。每次到他家做客，钱志国总会抱怨几句。

来到四〇二门口，眼前的景象让他们俩大吃一惊。

红色油漆泼得走廊里到处都是，房门门口还被人贴了封条，门边的白墙上，有人用红油漆写了"欠债还钱，没钱抵命"八个大字。原本放置在墙边的木质鞋柜，也不知道被人用什么劈得稀巴烂，木渣子撒了一地。

见到这种情况，他们俩心里也明白了七八分——老戴又赌钱了。

徐述圣上前敲了敲门，压低声音道："是我们。"

过了许久，还是无人应门。

钱志国拉了拉徐述圣的衣摆，用嘴努了努满地狼藉，对他说道："都这模样了，你觉得他还会住里边？"

徐述圣道："这家伙你还不了解？我认识的人里，就数他最抠门！出去住不要钱啊？"

说话间，房门开了一条缝，现出戴兴华半张脸。他眼中充满了警觉，迅速朝他俩招了招手。还是徐述圣反应快，拉着钱志国就闪进了屋。两人甫一进屋，戴兴华就飞快合上了房门。他怕惊动邻居，关门时尽量不发出声响。

"你怎么回事！"钱志国抓住戴兴华的手问道。

和徐、钱二人相比，戴兴华身上的江湖气特别重。倒不是因为他理的三毫米寸头，以及脖子上那条粗金链子，而是整个人的仪态。他说话的时候，总喜欢嘴里叼着一支未燃的烟，弓起背，把头往前伸，颇有些挑衅的意味。

"遇到点麻烦。"

不知道是不是嘴里含着一支烟的关系，戴兴华说话时口齿不清。

"你又欠债了？"徐述圣问道。

"站着干吗？坐！坐下说！"戴兴华大手一挥。

但徐述圣和钱志国丝毫没有入座的意思，他俩目光冷峻地盯着他，眼神里带着几分责备。此时的戴兴华，仿佛一位失去军权的将军，场面已失去控制，只能表情尴尬地立在原地。

见他不语，徐述圣又问："这次又欠了多少？"

戴兴华一屁股坐在沙发上。"他妈的！都别提了，把我这老房子卖了都不够还的。我这下算是彻底玩儿完了！"

徐述圣气得发抖，指着他道："你怎么屡教不改？让你别去赌，你偏要赌！你看看你，几十岁的人了，过的都是什么日子！"

戴兴华从口袋里取出打火机，打开盖子，将火苗凑近烟头。"老徐，咱们谁也别说谁，谁也不比谁强！"点燃烟后，他狠狠地吸了一口。

钱志国听出他话里有话，忙出面打圆场。"我们都是为你好！"

"废话就不多说了，老子这辈子算是完了！不过能认识你们两位兄弟，也不枉我来这人世间走一遭！怎么样，找个地方去喝一杯？我请！"

"你不是没钱了吗？请什么请！"钱志国道。

"还赌债的话，那是没钱。请兄弟们喝酒的钱还是有的！"

徐述圣见戴兴华那副油腔滑调的样子，气便不打一处来，于是道："穷得都当裤子了，还喝？喝个屁！"

戴兴华指着徐述圣，对钱志国道："你看这龟儿子，扫不扫兴？妈的，我欠钱，又不是你欠钱，再问你一句，去不去？"

这时，徐述圣的手机铃声响起。他白了戴兴华一眼，接了电话。

"喂……我是徐述圣，请问您是……哦哦，您好……是……嗯，我听着呢……"

在徐述圣接通电话的时候，戴兴华还拉着钱志国，嚷嚷着要去喝酒。钱志国被他烦得不行，又想起瞿文珍的事，心头一阵酸楚，不住叹息。

徐述圣挂了电话之后，呆呆愣了几秒钟，然后态度来了个一百八十度大转变。他极力抑制心中的悲伤，对钱志国挥了挥手，姿势像是在和过去诀别。

"听他的，我们仨去喝一杯吧。"

4

"刚开始只是抱着试试看的心态。"戴兴华说话时一直低着头，明明已经是个老人，神态却像一个犯错的孩子，"起初我把赌注设定在每注最低五百元上，觉得可以捞回来，就变本加厉地赌，很快便输光了。"

他们三个挑了一家不起眼的苍蝇馆子，叫"晴海饭店"，离戴兴华家有两公里的路程。戴兴华来过几次，觉得菜品不错，价格也公道，像这种小店，平日里熟客比较多。

桌上随意摆放着几碟下酒菜，其实三个人都没什么胃口。

戴兴华叫来服务员，问他要了一只打火机。刚才出门太匆忙，把打火机忘了。

"这是白酒，你当开水啊！"

席间，戴兴华一杯接一杯地喝，钱志国怎么劝也劝不住。

"你们知道我的，从厂里下岗后，就一直混社会。没办法，我和你们不一样，从年轻时打光棍一直打到现在，家里连个说话的人都没有，总要出门找点朋友消遣，不然闷也闷死了。出门找朋友，结果就找了一堆不靠谱的朋友。"讲到这里，戴兴华抬起头对他俩赔笑道，"不是说你们啊。"说着仰头又是一杯。

"你少喝点儿。"钱志国说。

"混社会少不了接触一些不良嗜好。和你们在公园下棋，算是我最雅的趣味了。之前我也会赌，不过都是小钱，打打麻将，斗斗地主。一年前，我才接触了快三。你们不知道什么叫快三对吧？就是选数字，押大小，猜单双。"

钱志国听了，脑子里浮现出"网络赌博"四个字。

这几年，因网赌倾家荡产的人不在少数，开始都是因为好奇心，抱着试一试的心态去玩，结果深陷其中，不能自拔。赌博这东西，就是利用了人性的弱点，你越想翻盘，输得越惨。

"后来我才知道，这些游戏都是被暗箱操作的。"

戴兴华解释道，比如当天配了百分之十，在保证总盈利百分之十的基础上，针对个人，网站可以控制单场数字的结果，从而保证庄家一本万利。

自此之后，戴兴华的积蓄很快就用完了，不仅刷爆了信用卡，还借了高利贷。还不了钱，催债的就天天上门。起初还挺客气，时间一久，便开始威胁戴兴华。

"你为什么不报警呢？"钱志国问。

"警察又不管这事！而且我还签了合同，白纸黑字，就算警察来了，他们拿合同说事，我也理亏呀！哎，我和你们讲，老来苦才是真的苦。"戴兴华面色潮红，浑身散发着酒气，"喂，你们俩怎么不喝？是不是瞧不起我？"

钱志国忽地想到自己和瞿文珍结婚无望，心头一酸，道："喝！我陪你喝！"

他拿起酒杯，一饮而尽。烈酒像刀子一样划过他的喉咙，在胃里灼烧。

钱志国回望自己的一生，情路坎坷，年轻时遭妻子背叛，临到老年，想找个伴儿安度晚年，却被对方的子女横加阻拦。难道自己注定要孤独一辈子？

想着想着，他的眼眶也湿润了。

戴兴华见钱志国红了眼，以为是喝酒喝得太猛，并未放在心上。他将视线投向一直默然不语的徐述圣。"老徐，到你了！"

徐述圣一反常态，竟然毫不推脱，拿起杯子就干。

"够意思！"戴兴华喊了一句。

但很快他便察觉到了异常。进饭店后，徐述圣几乎一句话都没说过。不，从他接完那个电话后，整个人就很反常。尽管徐述圣一口干了那杯酒，但戴兴华觉得他们之间的距离没有拉近，反而比从前更遥远了。

"怎么了，你有心事？"他忍不住问道。

"没事。"徐述圣低下头，又给自己斟了一杯，脸上故意摆出一副无所谓的表情。

"妈的，我们认识多少年了，你就算瞒得过老钱，也瞒不过我！"

戴兴华扯着嗓子喊了一句，引来饭店里不少食客的白眼。不过他并不在意。

"胃癌。"徐述圣苦笑道，"印戒细胞癌，已经发展到晚期了。刚才接到医院的通知，让我明天去一趟，商量一下治疗方案。"

戴兴华没有继续追问，他没想到徐述圣的胃病会发展到这种地步。

钱志国自己也是医生，他明白晚期的胃印戒细胞癌意味着什么。虽然胃印戒细胞癌总体发病率不算很高，但却是高度恶性肿瘤之一，具有侵袭力强、病程进展快、恶性程度高的特点。按照徐述圣现在的情况，生存期限不会超过一年。

"接下来你打算怎么办？"钱志国问道。

徐述圣的表情毫无变化，他回看了钱志国一眼，苦笑道："什么打算？等死呗。"

他刚打算拿起酒杯，却被戴兴华一把夺了过去。

"你别喝了！"

徐述圣冲着戴兴华大声吼道："要喝酒的是你，不让我喝的也是你，你他妈到底要我怎么样？"话一出口，气氛瞬间紧张起来。

他们从没见过老徐像今天这般情绪失控。

他从来是不紧不慢、温文尔雅的样子，遇到任何事情都不会着急。

饭馆里的食客们仿佛已经习惯这三个疯疯癫癫的老头子大喊大叫了，这一次，没有人再注意他们。三个没教养的老头而已，没有任何吸引人的地方。

接着是一阵令人窒息的沉默。

绝望的氛围笼罩着他们。三人各怀心事，一动不动地坐在那里，像是三座安置在公园小亭子里的雕像。

这家小饭馆生意不错，四下里坐满了顾客，喧闹声充满饭店的每个角落，但这种热闹却渗透不进他们三人的饭桌。

他们仿佛隔绝于身边这些人。

"不如一起去死吧？"

戴兴华鬼使神差地说出了这么一句话，就连他自己都吓了一跳。

"你说什么？"钱志国一脸迷茫。

"妈的，反正我们都已经活够本儿了，不如一起死了，一了百了。"戴兴华一边说一边将凌厉的目光投向在座的另外两位，"想想看，我们的黄金时代已经过去了，五十岁之后，人生就开始走下坡路，不论是样貌还是健康，只会越来越糟糕！再想想这个社会是怎么对待老人的？除了嫌弃就是厌恶！老钱，不是我说话难听，养老院就是收拢老年人的监狱！所谓在养老院安度晚年，不过是子女不希望老人死在家里的一个借口！我可不想等到无法自己动手寻死的时候，再在病床上懊悔。"

戴兴华这段话，初听时像是在胡言乱语，却又充满了魔力。这话像是种子般种进了钱志国和徐述圣的心里。他们虽然没有立刻答应或反驳，内心深处却在反复咀嚼着这个建议。

在酒精的作用下，戴兴华的思维异常活跃。他又道："我们可以商量一下，找出一种没有痛苦的方式去死。老徐，癌症是痛死的，你应该有所耳闻吧？如果自杀的话，你就不必那么痛苦了，据说有一种毒药，可以在千分之一秒杀死大脑，老钱，你说是不是有这种东西？"

钱志国定定地看着戴兴华，似乎有话想说，但又咽了回去。虽然没有他说得那么夸张，但神经毒素确实可以在几秒内杀死一个成年人。相比受尽癌症折磨，最后万分痛苦地死去，被这种毒药毒死，简直是一种善行。

可是，钱志国和他们不一样，他没有倾家荡产，也没有罹患不治之症，他不过是失恋而已，有必要去死吗？

想起瞿文珍，他心底忽然升腾起一种愤怒。

怒其不争。

如果她对女儿的态度能够强硬一点，那他们还是有机会在一起的。可是为什么，为什么她要为了女儿舍弃自己？

归根结底还是爱得不够深。那么多年的感情，说散就散。

念及此，钱志国更加愤怒，他想要报复瞿文珍。

如果我因你而死，你会不会后悔当初的决定？

也许是酒精的关系，钱志国抬起头时，感觉一阵强烈的眩晕。不过，他还是借着酒劲，把那句想说的话说了出来。

"好！我们一起死！"

说完，他飞快地看了徐述圣一眼。

后者的眼神与他一样坚定。

第二章

1

　　房间里总有一股驱不散的臭味。

　　这种气味很难辨别，其中既有食物腐败的味道，又有类似排泄物的气息。刚进这间屋子的人，一定会被这种臭味熏得头晕，但倘若在这里住上一晚，那么他对气味的敏感度会大大降低，甚至闻不出房间里的臭味。

　　这是一间只有十来平方米的小屋子，屋内一片狼藉。数不清的饮料瓶被随意丢弃在地板上，电脑桌上放置着好几个打开过的外卖盒，其中一个外卖盒里的炒面吃了一半，里面塞满了烟蒂，除此之外，换下的衣服也被揉成一团，在单人沙发上堆成了一座小山。

　　曹月娥强忍着恶心，快步走入房间，拉开了窗帘，并推开窗户。这样做能使密闭许久的房间通风，还可以让阳光射进来——紫外线有杀菌的作用，而这间屋子里一定充满了细菌。谁知她这一行为，却引来了一阵咒骂。

　　"找死啊！没见我在睡觉？"

　　声音是从床上传来的。

　　曹月娥皱了皱眉头。"我两天没回家，你就把家弄得乱七八糟的。已经中午十二点了，你还不起床。"

　　她的语气中并没有责备的意思。

　　那人从床上起身，是个三十岁左右的青年男子。他上身打着赤膊，右胸文着一颗虎头，头发很长，刘海儿下一对三角眼恶狠狠地盯着曹月娥。"以后没我的允许,你不准进这个房间,听见了没?现在就给我滚出去!"

曹月娥露出一副为难的表情,对他道:"龙龙,你怎么可以这样和妈妈说话?"

"要你管!"男子起身走到床边,将窗帘重新拉上。

屋子里失去光线,又变回了原来昏暗的样子。

曹月娥对着儿子叹了口气。"不是妈妈说你,也是时候去找工作,上个班了。整天待在家里打游戏,也不是个办法。龙龙,听妈妈一句,妈妈总不见得害你吧?"

"上班!上班!你只知道叫我上班!"男子对着曹月娥吼道,"你知道现在工作有多难找吗?我又没学历,又没工作经验,而且已经到了这个岁数,你让我上哪儿去上班?"

"妈妈不是逼你,但是可以先找找看嘛!很多工作,你不去试试,怎么知道自己不行?"

"他们不要我,我有什么办法?"男子反问道。

"你就虚心一点,不懂的地方就问。去找工作,就要给人家用人单位留下好印象呀,不会做事不要紧,人要谦虚一点,要让对方看到你的诚意。"

曹月娥说这些话的时候,尽量用很温和的语气,生怕激怒了儿子高俊龙,让他再次做出过激的行为。如果光听她的声调,外人甚至会以为曹月娥的儿子今年才刚上小学。

"我在家碍着你什么了?你是不是想我去死,你就满意了?"

"妈妈不是这个意思。"曹月娥的声音比刚才轻了不少。

"那你他妈什么意思?"高俊龙从床上霍地立起来,两步走到曹月娥面前,用手指戳着她的脸道,"说起来,要不是你和老头子无能,我会过这种日子?看看别人的父母,给孩子提供的是什么样的条件，再看看你们自己，羞愧不羞愧啊？我娶不到老婆，你们有责任的，知道不知道？他倒好，双腿一蹬，去见阎王了，留下你来天天烦我！你怎么不和他一起去死？"

曹月娥往后退了一步，脸上现出惊恐的神色。她不敢继续说话了，她知道，现在她说什么话，都是火上浇油。她的儿子已将这一生所有不幸的原因都归结于她，仿佛她不是他的母亲，而是从地狱派遣来折磨他的夜叉。

高俊龙余怒未消，接着骂道："上个月让你拿点钱出来，给我换台电脑，一直叽叽歪歪的不愿意，他妈的，我叫你做点事，你什么时候爽快过？小时候也这样，现在我长大了，你还是这样。为什么别的父母就愿意为孩子牺牲一切，到了你这儿，就这也不行，那也不行？"

曹月娥唯唯诺诺地道："妈妈的退休工资不都给你了吗？身上真的没钱了。"

话音未落，曹月娥只觉得脸上突然一阵火辣辣的疼痛，随即耳边传来一阵清脆的响声。

她被儿子狠狠地抽了一巴掌！

"你是不是故意损我？意思是我啃老？"

"没……没有……"曹月娥捂着脸，泪水涌出眼眶。

她已经数不清这是儿子第几次动手了。从一开始的震惊，到麻木，再到此时的恐惧，她的心境一直变化着。难以想象，眼前打她的男人，竟是自己含辛茹苦养大的儿子？曹月娥还能记得高俊龙两岁时牙牙学语的模样，她抱着他，亲他，逗他，他咯咯地笑。母子俩紧紧抱在一起。为了怀里的儿子，曹月娥做什么都愿意，甚至可以为他去死。所以此时，她仍无法将当年那个长得肉嘟嘟的幼儿和眼前这个凶神恶煞的男人联系起来。

眼前的男人，真的是自己的儿子吗？他从什么时候，开始变成这个样子了？

"你这种眼神算什么意思？好，你不是就介意我拿走你的银行卡嘛，我还给你。"高俊龙说着，便从书桌抽屉里取出一张卡来，然后用力砸在曹月娥的脸上，"还你！你以为你的退休金有多高？妈的，你要的话都拿走！"

曹月娥擦了擦泪水，弯腰捡起掉在地上的银行卡。然而，就是这么一个普通的举动，却再次激怒了高俊龙。

他不等曹月娥站起身，抬起脚，一下蹬中了母亲的胸口。

失去重心的曹月娥朝后仰倒，高俊龙冲了过去，一只手狠狠掐住母亲的脖子，另一只手握成拳头，朝母亲的脸上乱打。雨点般的拳头在曹月娥脸上不停击打。她无法呼吸，连求救都做不到，身材矮小的她根本无法和一个身高一米八的成年男子对抗，只能任人宰割。

两分钟后，也许是累了，高俊龙停止了对曹月娥的攻击，他重新站起身，将曹月娥手里的银行卡夺回。

"滚出去！不要待在我的房间！"

曹月娥扶着墙壁，勉强起身，她只觉得头晕目眩，腿脚发软，站都站不稳。她缓缓走了几步，觉得眼角黏糊糊的，用手一抹才知道出了很多血。

离开房间的时候，她回头瞥了一眼屋子里的高俊龙，发现他正抱着手机，躺在床上。他时而面色紧张，时而开怀大笑，整个人很快投入了游戏的世界。

她问自己，这房间里的男人，还是我可爱的龙龙吗？

2

今天钱志国并没有在食堂用餐，而是带着徐述圣和戴兴华去金源街的全福记吃了一顿。三人在席间一扫此前的郁结，谈笑风生，菜没吃几口，啤酒倒是喝了一整箱。吃过饭后，三人便回到了乐福园养老院，在钱志国的房间里继续商讨上次的话题。

自从戴兴华提出集体自杀后，徐述圣无时无刻不在心里惦记着这件事。他不是一个容易有轻生念头的人，至少在患病之前不是。但他们俩的话也有道理，癌症最后的疼痛，是普通人无法忍受的，完全是在受刑。与其患癌活活痛死，不如自己给自己一个痛快。

为了让房间里不那么安静，钱志国进屋后第一件事就是打开电视机，随手调了一个频道。电视里正在播放一个访谈节目，主持人是一位气质极好的女性，但她话并不多，往往只是抛出一个问题后，便静静倾听受访者的回答，而受访者正是乐福园的创始人李康胜先生。

李康胜看上去四十来岁，长了一张国字脸，鼻梁上架着一副眼镜，身上穿着灰色西装，没打领带，整个人显得很有气派。李康胜很健谈，从他的谈吐中也能感受到他的自信。访谈的内容几乎都围绕他这些年在川东市所做的公益项目，尤其是养老保险这一块。

"很多老人目前都面临着这样的境况，虽然退休工资不少，但每天不知道该去哪儿消磨时光，儿女都不在身边，如果没有老伴，那么整个家里都是一片死寂。"面对主持人的提问，李康胜答得条理清晰，"而乐福园的养老服务，不仅仅是提供一个地方，给孤独的老年人待着，更是提供一种生活方式、一种新型的社交平台。我们要打破对老人晚年的刻板印象，要让老年人知道，晚年也可以有更多可能性！"

听完他的回答，主持人投以赞许的目光。

"真是个好人，懂得回馈社会。"钱志国指着电视里的李康胜道，"像他这样的生意人不多了，多得是为富不仁的生意人。"

"对，现在能为老百姓做实事的人太少了。"徐述圣回过神来，朝钱志国点头。

戴兴华在屋子里来回踱步，走了一会儿，见钱志国和徐述圣的注意力都在电视上，便不耐烦地说道："妈的，咱们讨论讨论正事好不好？电视回家不能看？"

"那你说。"钱志国用遥控机将电视机的音量调小。

三个人围坐在一起，钱志国给每个人都泡了一杯龙井茶，戴兴华点了一支烟，烟雾与茶水的热气升腾起来，让他们看不清对方的表情。

他们沉默了一阵，最先开口的人是戴兴华。

"老钱，你是医生，应该知道什么死法痛苦最小吧？"

钱志国低着头，还未来得及回答，戴兴华又道："要不我们搞点儿安眠药，怎么样？服安眠药自杀，一觉睡死，就什么痛苦都感觉不到了。"

"吃安眠药自杀，也会感觉到痛苦。安眠药确实会让你的意识变得模糊，但并不是所有人都会失去知觉。有的人会突然醒来，但是四肢却无法动弹，只能感觉到内脏的剧痛，以及胃里面反流使人慢慢窒息的痛苦。而且，这个过程会很漫长。"

钱志国的答案听得戴兴华缩了缩脖子。

"对了，你之前说的神经毒素呢？"戴兴华问。

"别说我退休了，就算没退休，我一个内科大夫，哪里去帮你搞神经毒素？就算有这样的东西，也都锁在医院的保险箱里，怎么拿？"钱志国道。

"上吊呢？"徐述圣问。

"我刚才说过，窒息是非常痛苦的。"钱志国答道。

"跳楼呢？选高一点的楼层，肯定会瞬间死亡吧？"戴兴华又问。

"那会给别人带来多大的麻烦啊！先不说咱们三个老东西的尸体，血肉撒满一地，清洁工还得捏着鼻子打扫，而且一不小心，砸到行人怎么办？你还拉无辜的人给我们垫背？不行，跳楼绝对不行！"钱志国用力摇了摇头。

戴兴华骂了句脏话，心里还是不服，又提出几个自杀的方法，最后被钱志国——否决，不是死得太痛苦，就是会麻烦别人。徐述圣没怎么说话，倒是戴兴华，一会儿一个想法。如果单纯听他们的对话，没人会将死亡与这三位老人联想到一块，他们说话的语调和表情，自然得仿佛在聊昨天的体育比赛。三人聊了一阵儿，忽然听见门外有动静，便同时噤声。

敲门声响了起来。

"谁啊？"钱志国试探性地问了一句。

"钱医生，是我。"是个女人的声音。

钱志国对两人使了个眼色，接着起身去开门。

门外站着一个五十来岁的妇女，她见了钱志国，先是笑了一下，然后谨慎地朝屋内瞥了一眼。或许是从钱志国的脸上读出了异样，又或许是屋内的气氛有些尴尬，她感觉自己来得不是时候。

"曹阿姨，你来啦。"钱志国站在门口，似乎没有邀请她进屋的意思，"今天怎么这么晚？通常打扫时间不是在早上吗？"

这个姓曹的妇女，徐述圣和戴兴华都认识，是乐福园养老院的清洁工，负责房间的清洁工作。一般都是上午来打扫，一周两次。现在已经快下午两点了，曹阿姨出现在这里，有点奇怪。

"家里出了点事，所以就晚了。钱医生，真的不好意思。"曹阿姨朝钱志国鞠了个躬。

钱志国注意到，她说话的时候一直低着头，像是不太愿意让对方看清她的脸一样。他随口道："没事，要不今天就别打扫了吧，反正房间也挺干净的。"

曹阿姨会错了意，又鞠了个躬。"对不起，钱医生，您该不会生气了吧？"

"哪有！你误会了！只是……"说到此处，钱志国回头看了一眼屋内的两人，露出为难的神色，"就是来了两个朋友，正在招待。"

"我不会影响你们的！"曹阿姨道。

若换作平时，钱志国让她不用打扫，曹阿姨必会应承下来，还图个轻松。只是今天迟到在先，又摸不透这钱医生到底什么心思，万一工作不完成就离开，钱志国回头给个投诉，她这份工作还想不想干下去了？所以，今天无论如何，她也要把钱志国的房间打扫干净才行。

正当钱志国犹豫不决的时候，徐述圣突然大步走了出来，对钱志国道："你就让她收拾一下吧，我看你这房间也够乱的，我们坐的地方都没有。"

"可是……"

"没什么可是的，我们也休息休息。这件事要做，也不急这几分钟。"徐述圣转过头对曹阿姨道，"你进去打扫吧。"

曹阿姨对着徐述圣千恩万谢，推着载满清洁用具的小车就进了屋。

为了给曹阿姨腾地方,他们三人就站在楼道里抽烟。

"我们说的话,不会被她听见了吧?"戴兴华从嘴里取出仅剩一截儿的烟蒂,露出一口黄牙,"不然早不敲门,晚不敲门,偏偏这个时候?"

"这屋子隔音效果虽然不好,但也不至于这么差。她站在门外,我们说话声音又不大,应该听不清。"说完,钱志国背靠在楼道的墙上,叹了一声。

戴兴华关切地问道:"怎么了?克膝头儿又痛?"

钱志国皱着眉点了点头。六十岁过后,他就不能久站,站久了膝盖就疼,就得找地方靠一靠。医生说这是半月板永久性损伤,无法根治,只能靠自己养。

徐述圣怔怔地看着前方,一言不发,就这样过了好久,他忽然对另外两人道:"你们有没有发现一件奇怪的事?"

"什么事?"两人不约而同地问。

"曹阿姨今天很奇怪啊。"徐述圣若有所思地说。

"奇怪在哪里?"戴兴华急了,"狗日的你说话能不能别老说半句吊人胃口?"

徐述圣白了戴兴华一眼,不过认识他这么久,也习惯了他爆粗口的陋习。

"她好像受伤了。"

"受伤?"戴兴华恍然道,"对哦,她进屋时候,确实一瘸一拐。"

这个话题,三人没有继续讨论下去,而是把它放在了心底。大约过了十多分钟,曹阿姨打扫完毕,走出房门的时候,钱志国迎了上去。

"我看你走路有点问题，怎么回事？"

他一边说，一边低头去看曹阿姨的脸。这不看不要紧，一看把钱志国吓得大惊失色。与此同时，立在钱志国两边的戴、徐二人，也看见了。

曹阿姨右脸颊高高隆起，一片紫红色，左眼肿得像鸡蛋一样，中间有一条缝隙，勉强能瞧见眼球。不仅如此，她的下嘴唇破了皮，双臂上也都是瘀青。

"你……你这是怎么啦？"钱志国一把扶住曹阿姨，"怎么伤成这样？"

"自己摔的。"曹阿姨弯着腰，头更低了。

"这明显是被打的！"戴兴华一口咬定。

他之所以这么有信心，是因为年轻时挨揍的经验太丰富了。

曹阿姨别过头，不想让外人看见自己狼狈的模样。但她还是忍不住心里的委屈，胸口一酸，泪水不停地涌出。

徐述圣朝四周张望了一圈，对他们说道："我们还是进屋说吧，不然三个大男人围着一个女同志，会让人以为我们欺负她呢！"

另外两人觉得他说的有理，便劝曹阿姨进屋坐一会儿。

曹阿姨起初也不肯，说手里还有活儿没做完，但脸上已经哭花了，总不能挂着眼泪去打扫下一间房吧？被他们三人一阵劝，也就答应了。

四人坐定后，徐述圣就问曹阿姨："是谁动的手，你丈夫？"

曹阿姨摇了摇头。"我男人好多年前就死了。"

"那是谁？路上遇到流氓，还是和邻居起了争执？"钱志国追问道。

曹阿姨听了，只是摇头，并不回答。

还是徐述圣心思细腻，他见曹阿姨低着头，并没有讲述的意愿，于是便猜到了七八分。他试探性地问道："是不是家里孩子干的？"

这句话果然有用，曹阿姨面色大变，惊愕地望向徐述圣。

3

曹阿姨的本名叫曹月娥，今年五十岁出头，但看上去比实际年龄要老。

在来乐福园养老院之前，她一直在超市做收银员。此前的生活虽说不上快乐，却也算平静，除了儿子高俊龙学习成绩不理想外，没有太大的烦恼。她的丈夫名叫高鹏，在川东市自来水厂工作，也不算什么技术工，就是上门抄抄水表。

几年前，高鹏因与同事聚餐时喝多了，醉酒状态下骑自行车回家，在途中发生了交通意外，当场死亡。由于是高鹏自己闯了红灯，所以赔偿并不多，而且事件还是发生在下班之后，也不能算是工伤。曹月娥去厂里闹了几次，高鹏的直属领导见她可怜，象征性地给了点赔偿，这钱还是他动员厂里员工自发募捐的。单位领导都做到这个份儿上了，曹月娥也不好说什么，苦水只能自己咽下去。

丈夫死后，曹月娥为了照顾儿子的生活起居，辞掉了超市的工作。其实那时候高俊龙已经从技校毕业，按理说早就不需要她照顾了，但曹月娥就是不放心。在此之前，高俊龙的生活都是高鹏来打理的。因为相对曹月娥，高鹏的工作时间更有弹性。

他们夫妻俩对高俊龙从小就很溺爱，一直觉得家里条件不好，对不起儿子，所以在生活上，能够满足儿子的都尽量满足。

其中包括一些无理的要求，比如在高俊龙念初中的时候就拥有了班级里第一台PlayStation游戏机。读技校后，他也经常换最新款的手机。随着高俊龙年龄越来越大，他的需求也越来越多，高鹏和曹月娥渐渐无法满足高俊龙的要求了。终于，在一双限量款篮球鞋的问题上，夫妻俩和儿子爆发了矛盾，高俊龙第一次对他们动了手。

彼时的高俊龙已是个大小伙，而高鹏已垂垂老矣，况且面对宝贝儿子，高鹏也不忍下狠手。在两人搏斗中，高鹏被高俊龙打得鼻梁骨骨折，直接被送去了医院。高俊龙见父亲住了院，非但没有懊悔，反而还变本加厉地威胁他们。

"你这孩子！怎么可以这样对你爸！"

除了这种不痛不痒的责备，曹月娥做不出任何反抗。在她眼里，宝贝儿子还没长大，还不懂事，她期待着或许再过几年，他就会体会到父母的不易。最后高鹏没能等到高俊龙"懂事"，便因车祸撒手人寰，养育儿子的重担，一下子压在了曹月娥的肩头。

毕业后高俊龙在家里待了两年，整天对着电脑打网络游戏，饿了就让曹月娥做饭，渴了就问曹月娥要零钱，下楼买饮料。曹月娥劝他去工作，他就推说工作难找，自己学历低，没人要。这一切只是高俊龙懒惰的借口，然而曹月娥却又一次相信了她的儿子。她替高俊龙报了夜大，想让他至少弄个大专的文凭。高俊龙知道后，勃然大怒，又一次出手打伤了曹月娥。他明确表示自己不想上班，只想窝在家里打游戏。

少了高鹏的工资，高俊龙又不愿意上班，家里的经济越发拮据，曹月娥只得托人帮忙，给自己物色了一家养老院的保洁工作。曹月娥手脚勤快，任劳任怨，与这里的老人相处得也很好，新工作十分顺利。但每次一回到家,她的心跳就开始加速。她生怕自己说错一句话,做错一件事,就会引来儿子的拳脚,日子过得提心吊胆。

而这一次,则是高俊龙下手最狠的一次。

听完曹月娥的哭诉,他们三人都沉默了。

钱志国和戴兴华都没有孩子,所以除了对高俊龙的愤恨外,没有别的情绪。但徐述圣有过孩子,所以曹月娥的经历,听得他心惊胆战。

徐述圣难以想象,面对这样的孩子,父母如何挽救。

也许已经错过了最佳的管教时期,一切都太晚了,曹月娥没有将高俊龙的顽劣扼杀在摇篮中,夫妻的溺爱更是让高俊龙坠入了无底的深渊。另一方面,高俊龙毕竟是曹月娥的亲生儿子,不论他再怎么恶毒,曹月娥都无法忘记他幼时那可爱的模样,无法将眼前暴戾的男人和那个襁褓中的婴儿联系在一起。这样就会造成一种撕裂,曹月娥逃避的方式,就是告诉自己,儿子现在还小,将来他一定会懂事的,即便他已经三十岁了。

"你应该立刻报警!否则,他还会打你。"钱志国对曹月娥道。

"我报警,万一警察真的把他抓走了怎么办?不行的!而且他还警告过我,如果报警,一定会把我杀死。"曹月娥直摇头。

"你不报警,迟早被他打死!"戴兴华有些恨铁不成钢。

"我是他妈,你觉得他真的会打死我吗?"

"现在弑母案又不是没有。曹阿姨,不是我说你,你儿子就是被你这种教育理念给害的!从小到大舍不得打,这怎么行?有没有听过一句老话,棍棒底下出孝子?"

"哎,你说得对,是我的问题。可是,现在也没办法了。"

曹月娥说着,忽然用双手捂住脸,大声哭泣起来。

戴兴华本来还想批评她几句，但见她这副可怜巴巴的样子，也不忍心再骂。

"有句话说得好，清官难断家务事，他是你儿子，你也不愿意伤害他，可他现在已经走上了歪路，你要不及时阻止，他今天可以在家里打母亲，明天就会上街去打别人，去偷去抢，什么都敢做了，胆子就是这样一步步变大的。如果我是你，我宁愿这次让他吃一点苦头，好长记性！"钱志国语重心长地说道。

曹月娥哭得更厉害了。

戴兴华推了推钱志国的肩膀，对他道："算啦，别说了。"

"也不是没有办法……"

一直低头不语的徐述圣，忽然说出了这句不明不白的话。

钱志国与戴兴华的视线纷纷投向了徐述圣，仿佛催促他将下半句话讲完。曹月娥还在哭，而且越哭越大声。

那句话一出口，徐述圣就像后悔了似的，忙摇头道："没什么，我胡乱说的。"

钱志国是聪明人，见徐述圣飞快地瞥了一眼曹月娥，便明白了他的意思。对他们来说，曹月娥始终是个外人，有些话，徐述圣未必想当着她的面讲。

曹月娥走后，钱志国把门关上，把耳朵凑近门边。确定她走远后，钱志国才定下心来，回到房间问徐述圣刚才是什么意思。

"你觉得她还有活路吗？"

抛出问题的徐述圣将视线在钱志国与戴兴华脸上来回切换，像是在等待他们的回答。

其实都不用说，他们心里已有了答案。

只是真相太过残酷。

曹月娥的余生,将会被她的儿子拖住,犹如两只脚踏入沼泽,奋力挣扎,只会沉得更快,但若放弃求生,整个人迟早会被吞噬。

"这曹阿姨也够倒霉的,生了个这样的儿子。"戴兴华垂下头,长叹了一声。这声嗟叹,仿佛宣判了曹月娥的死刑。毕竟像高俊龙这种人渣,他在社会上见得太多了。

"对了,老徐,还没说你那句话到底是什么意思呢。"

听这语气,钱志国对于徐述圣之前那半句话始终耿耿于怀。

戴兴华也趁此机会问道:"对啊,我也听见了,说什么'也不是没有办法',怎么,你想到能帮曹阿姨解决问题的办法了?"

"没什么,你们就当我瞎说。"

被他们这一顿追问,徐述圣的声音顿时紧张起来。

但徐述圣越是如此,钱志国和戴兴华就越是来劲,非让他把话说清楚不可。

徐述圣无奈地摇了摇头。这两个老小子的脾气,他不可能不清楚,就是那种打破砂锅问到底的个性。今天他要是不说,恐怕离不开这间养老院。为此,他只得耸了耸肩,对两人道:"我突然想到的办法,太脱离现实,所以你们就当我瞎说好了。"

戴兴华笑了。"妈的,你少跟老子来这套!再脱离现实,能比我们三个约定一起去死脱离现实?只要能帮这曹阿姨的忙,我们至少试试。"

"我恐怕你们不敢试。"徐述圣沉下脸,声音也变了。

此话一出,钱志国和戴兴华便大致明白了徐述圣的意思。他们久久注视着徐述圣的脸,从后者坚毅的表情中可以看出,他没有在开玩笑。

况且患上绝症的人，本就不怎么会开玩笑。

"我们去替曹阿姨解决他的儿子。"徐述圣直起身子，加速跳动的心脏让他感觉整个胸口都在震动，"这样一来，她就可以安享晚年了。"

4

就连徐述圣自己都觉得这个想法太过疯狂。

先不说高俊龙的死亡能否给曹月娥的后半生带来幸福，即便能，他们三个老头想一举将一个青壮年男子制服并杀死，也不是一件容易的事，弄不好还会被对方制服。而且，在他们三个人中，除了戴兴华年轻时因斗殴被刑事拘留过，钱志国和徐述圣都没怎么与别人动过手，杀人这件事，更是想都不敢去想。

如此荒谬的念头，徐述圣本打算一笑置之，但戴兴华却抱有不同的想法。

"你们不知道，曹阿姨的伤有多重。我可以很负责地告诉你们，她儿子是将她往死里打，根本没避要害。这次她能活着，已经是奇迹了。如果再挨几次毒打，轻则落下残疾，重则老命不保。老钱、老徐，我不是在和你们开玩笑。"

戴兴华年轻时好狠斗勇，经常受伤，但也因此练就出了一个本领，通过端看伤者的伤势，大致能够推测对方下手的轻重。他想告诉另外两人，高俊龙毒打曹月娥时，根本没有留情。

"你是想说，按这个路子下去，曹阿姨迟早会被打死？那他儿子自己不知道吗？"

钱志国显然犹豫了。他看了一眼徐述圣，后者低下了头。

钱志国和曹月娥接触并不算多，也就是在打扫房间的时候，相互问候几句，但他对于曹月娥的工作态度，一直是相当认可的。有一次，浴室的热水器坏了，因为刚入秋不久，钱志国怕麻烦，就洗了几天的冷水澡，曹月娥知道后，怕他年纪大冻出毛病，还亲自替他联系了空调厂的工作人员来修理。而这些小事本都不在她的负责范围。

反正都准备去死了，不如帮她一把！

钱志国下定决心。但他也知道，做决定的事不适合他。三个人里面，性格最懦弱的人非他莫属。戴兴华虽是性情中人，但做事欠考虑。只有徐述圣又冷静又聪明，遇到问题也能挺身而出，及时解决。所以，他望向徐述圣，把最后的决定权交给了徐述圣。

要不要动手，就在徐述圣的一念之间。

"杀了他。"徐述圣终于抬起了头，"然后我们就去自首。"

强烈的饥饿感让高俊龙不得不放下手机。

他看了一眼挂钟，下午六点半。他已经有七个小时没进食了。

今天养老院大扫除，夜里还要通宵值班，曹月娥一大早就出了门，冰箱里只留了点昨天的剩饭，看了就让人倒胃口，高俊龙中午只泡了一碗方便面。但是方便面并不顶饿，下午三点左右，他的肚子就开始咕咕叫了，只是碍于正在进行的游戏，让他无暇觅食。

但现在他真的顶不住了，饿到开始有些胃痛。

高俊龙放下手机，从床上起身，缓缓走到冰箱前，然后打开拉门。几盘剩菜看得他食欲全无，他心想，果然没人关心我的死活，午饭和晚饭都不替我准备，是不是故意想饿死我？他回到床上，拿起手机开始点外卖。他叫了一份炸鸡和汉堡套餐。

手机上显示，外卖送达的时间在一个小时之后。高俊龙朝着手机破口大骂。在他的观念里，下单后五分钟之内，食物就应该送到他的手里。正如曹月娥在家时，他只要大声说饿了，十分钟之内必会有食物送到他的手里。

这个世界上，没人关心我，父母也靠不住！

每次遇到不顺心的事，高俊龙都会把问题归结到父母身上，怨气一旦产生，恶意便在他心底弥散。所以揍起曹月娥，他从不手软。那一刻，曹月娥不是他的母亲，而是故意作弄他、害他过上这种不堪生活的罪魁祸首。前几天，他刷到一个短视频，内容大致是人的一生，能靠自己奋斗而成功的人，少之又少，很多时候命运在出生那一刻就决定了。看到这里，高俊龙不禁冷笑——可不是吗？父母若是有钱人，他何以至此？这类言论，更坐实了他的想法，一切苦难均源于父母，父母皆祸害！

他妈的！这么穷，还学人生孩子！

高俊龙正生着闷气，忽然传来了一阵敲门声。

这么快就到了？他看了一下时间，明明才过了五分钟，现在外卖的效率这么高了？

他走到门口，打开房门，门外站着三个他完全不认识的老头。站在左边的是个秃顶老头，微胖，慈眉善目，鼻梁上架着一副眼镜；中间的老头满头银发，衬衫扣子扣到领子，给人一丝不苟的感觉；最右边的老头一看就不是什么好东西，理了一个近乎光头的圆寸，满脸褶子，一双三角眼闪着凶光。直到这时，高俊龙才意识到自己想错了。

敲门的人并不是外卖小哥。

"你们找谁？"高俊龙恶狠狠地冲他们三个吼了一声。

人一旦对某件事怀有期待，最后发现期待落空，会比之前没有期待时更加愤怒。

　　银发老头笑着问道："请问，这里是曹月娥曹阿姨的家吗？"

　　高俊龙不耐烦地说道："是又怎么样？你们是什么人？"

　　银发老头又道："不好意思，我们忘记自我介绍了。其实我们是乐福园养老院的人，这次是专程来谢谢曹阿姨的。平日里多亏她的照顾，我们……"

　　"少废话！"高俊龙粗暴地打断了他，"你们打算怎么谢我妈？给钱吗？不给钱给我滚！"

　　圆寸老头显然被他惹毛了，瞪着眼就要冲上前，却被中间的银发老头一把扯住袖子。

　　"当然！这是应该的！可是今天来得匆忙，就只带了一点。"银发老头笑着从口袋里掏出一个红包，在高俊龙面前晃了晃，"小小心意，不成敬意。"

　　见到红包，高俊龙的表情微微起了变化。他本想伸手就拿，谁知这老头竟又把钱收了回去。"不知道方不方便进屋坐一会儿？另外两位也准备了谢礼，想亲自给你，门口人多，不太方便。"

　　"那……那好吧。"

　　高俊龙虽然还是一副不情愿的表情，但口气却比刚才好了不少。他敞开大门，让这三个来路不明的老头进了屋。

　　关上门后，高俊龙走到这三人面前，叉着腰道："我母亲是个好人，相信在养老院也帮过你们不少忙，你们谢她也是应该的。等她回来，我会把谢礼转交给她。"

　　银发老头脸上挂着憨笑，嘴里说着"一定，一定"，却迟迟不把红包拿出来，还问了高俊龙许多问题，比如他的年龄，从事什么行业等。为了红包，高俊龙只得硬着头皮，一句句敷衍。这时，站在一旁的秃顶老头正不停地用纸巾拭汗，他额头上都是亮晶晶的汗水，紧张得一句话也说不出口。高俊龙没注意到的是，那个凶神恶煞的圆寸老头，已静悄悄地绕到了他的身后，并从口袋里取出了一截电线。

取出电线后，圆寸老头将它缠绕在双手间，然后朝秃顶老头使了个眼色。

秃顶老头擦汗的手不住抖动，面色苍白无比，似乎在害怕什么。

他们连使两个眼色后，高俊龙忽然感觉气氛有点不对劲。尽管银发老头不停地寻找话题，但这一切都太刻意了。而且，另一个老头始终没有再出现在他的视线中。

于是，他回过头去。

"动手！"耳边忽然传来一声大喝！

下一瞬间，高俊龙的双臂就被人钳住，脖子上猛地一紧，一口气接不上来。

他这才意识到，这三个老头竟然想要杀他！

银发老头和秃顶老头分别扯住他的双臂，而圆寸老头则在他背后突袭，用电线紧紧勒住高俊龙的颈部。

电线已深深陷入肉中，高俊龙的嘴张大到了极限，却吸不进一口空气。求生的欲望使他肾上腺素激增，他猛地翻动身体，将三个老头同自己一起掀翻在地。四个人在地上滚成一团，高俊龙试图抽出双手，去抓脖子上的电线，无奈两侧的老头死命扯住他的胳膊，不论如何使劲，都无济于事。

挣扎、翻滚还在继续。有好几次，身后行凶的圆寸老头被高俊龙压在背下，压得老头喘不过气，但他手中的力道却不敢松懈。

他紧紧扯住手中的电线，双臂肌肉紧绷，头脑一片空白。

这个姿势，不知道持续了多久。

直到听见有人不停地喊他的名字。

"老戴！老戴！"

他这才缓过神来，怔怔地望着眼前的两个老头。

"已经死了。"满头银发的徐述圣轻轻拍了拍他的脸，"你可以松手了。"

戴兴华将视线从徐述圣脸上移开，望向坐在地上的钱志国。他的汗水消失了，取而代之的是满面泪痕。

钱志国坐在高俊龙的尸体边上，低声抽泣。他不是在追悼死去之人，而是替他们三个杀人凶手哀悼。因为从此刻开始，一切都变了。

他们再也回不去了。

第三章

1

　　还没到站，不少人就急着从座位上立起来，纷纷拥到过道。排在前面的乘客双眼紧盯车门，仿佛列车到站后，只留两秒钟给大家下站，稍不留神，就要随这辆列车去往下一个目的地。当然，也有不少乘客安静地坐在座位上玩着手机，他们神情淡定，和立在过道随时准备下车的乘客相比，像是存在于两个时空。

　　列车缓缓停下，最后一记刹车，使得过道里的人都打了个趔趄，于是骂声四起。这时，留在座位上的乘客们就在心底窃喜，待那排堵在过道的乘客走空，他们才慢慢悠悠地整理起行李，不慌不忙地步出列车大门。最后一个走出列车的人是乔俊烈，由于身后坐着一位孕妇，所以他不敢往后调节椅背，只得挺直背坐了一路。到达川东站的时候，乔俊烈感觉自己的腰都快折断了。

　　乔俊烈提着他的旅行包走上月台，极目四望，发现刚才挤满列车车厢的乘客们一上月台，便四散开来，一眨眼工夫就不见了。眼下站在月台上的，除了他以外，没有别人。孤独感瞬时向他袭来。真是个好兆头，他苦笑着朝楼梯走去。

　　走到车站大厅，刚才在月台上消失的人们又出现了，乌泱泱的一片在乔俊烈眼底展开。大厅里挤满了各种人，他们手里举着牌子，牌子上有的是旅游信息，也有一些是姓名，乔俊烈不经意间扫到了自己的名字。这让他有些意外，本以为像他这样的小角色，市局是不会派人特地来接的。那是一块长方形的硬纸板，上面用记号笔随意地写着"乔俊烈"三个大字，拿着硬纸板的是一个年近六旬的老头，但和别的老头不同，这人的眼神特别敏锐，乔俊烈盯着他看了不过三秒，就被他注意到了。

老头体格健硕，脸上的皱纹很深，头秃得很厉害，下巴上都是胡楂儿，身上穿着一件浅色的短袖T恤，下面是牛仔裤和白色运动鞋。虽然年纪不小，但颇有活力。他很快朝乔俊烈走来，同时不停用手拨开那些挡着他道的人。

"您是乔队吧？"老头伸出手来，对乔俊烈笑道，"我是来接你的人，万定邦，叫我邦哥就可以了。"他笑的时候，原本就不大的眼睛变成了一条缝。

"邦哥你好！"乔俊烈和他握手，感觉到他的手掌布满了老茧，手劲很大。

"想不到你这么年轻啊！年轻有为！"万定邦朝他竖起拇指。

"我不年轻了，都奔四了，而且在警队这些年，也没什么作为。"

"在我这儿可不准谦虚，前几年何仁君犯罪团伙就是你带队挑掉的吧？徐亮案也是，当时闹得可大啦，还有几个黑社会性质的组织也一样，谁不知道你乔队是扫黑除恶的一把好手啊！他们不是还给你起什么绰号，叫什么虎的？"

乔俊烈低下头，朝万定邦摆了摆手，让他别再说了。

"我们边走边说吧？"万定邦指了指停车场的方向。他走在乔俊烈前面，不时会回头看看，以确定乔俊烈没有跟丢。

万定邦的身材魁梧，目测有一米八左右，不知道是不是个子高的关系，他走路步子也很大，身子摇摇晃晃。乔俊烈跟在他的身后，两个人钻出人群，沿着指示牌朝停车场的方向慢行。

"跨省调动的事情很少见，是你自己申请的吗？"

万定邦有疑问也很正常，首先警察跨省调动很少。且不说复杂的转任手续，光是要满足现单位放行，以及新单位愿意接收这两点就很困难。此外，乔俊烈身为警界精英，从一个直辖市的警队调到地级市的警队，这点也令人很难理解。

乔俊烈正在思考怎么回答，万定邦又道："如果不方便说的话，就当我没问。"

"不是我申请的。"

"那就是上头的意思了？"万定邦干笑了两声，"一定很不甘心吧？"

"去哪里都是当警察，都是为人民服务，对我来说没有区别。"

"我可以再多问一句吗？"

"什么？"

"你是不是犯了什么事？"万定邦回过头，露出不怀好意的笑脸。

"没有。"乔俊烈的回答很简单，语气却没之前那么友好。

万定邦也感觉到了乔俊烈的逆反情绪，于是闭嘴不再多问。

两人各自低着头走了一会儿，终于来到了停车场。来接乔俊烈的并不是警车，而是一辆破旧的马自达轿车，是万定邦自己的车。乔俊烈把行李包丢进了后备厢，然后坐在副驾驶上。车厢里一股浓浓的烟味，乔俊烈立刻打开窗户透气，他瞥见变速杆边上有个用塑料瓶剪成的临时烟灰缸，里面起码塞了上百支烟蒂。

万定邦进车第一件事，就是从裤兜里取出一盒烟，给自己点燃了一支。

"你要不要？"他吸了两口才回过神，想起身边还坐着另一个人。

"我不抽。"

"嘿，现在的小孩是不是都不抽烟？"万定邦收起烟盒。

"我戒了。"

"为什么？"

"因为烟酒误事。"乔俊烈淡淡地道。

汽车驶离火车站，转上高速公路。车窗外的风越来越大，吹得乔俊烈睁不开眼，他不得不把窗户摇上去，只留一条缝隙。不知道是因为车子开得太快，还是临近报废，整个车厢抖动得特别厉害，连同着座位一起。乔俊烈生怕下一秒汽车就会在时速一百码的时候散架。

"听说你很能打？"万定邦的嘴闲不住五秒，又开始发问。

这种问题，乔俊烈不知该怎么回答。

万定邦仿佛自言自语般道："我年轻时也很能打。"

"是吗？"乔俊烈附和道。

"体力最好的时候，一个人打三个歹徒都没问题。"

"那真是厉害。"

万定邦迅速瞟了一眼坐在边上的乔俊烈，笑道："老东西都喜欢自吹自擂，我知道你不信。哈哈，不过你身手好，倒是经常听人提起。对了，你徒手能打几个？"

"不好说。"

"十个？"

"没那么多。"乔俊烈心想，又不是拍武侠片，要是被逼在角落，十个成年男性一拥而上，即便是专业散打队的运动员也够呛。

"那五个？"

"要看对方是什么人。"

"哦？"万定邦挑了挑眉毛。

"如果是泰森这样的重量级拳击手，恐怕可以打我五个。"

万定邦哈哈大笑起来。这时，他的手机铃声伴随着笑声同时响起。乔俊烈如蒙大赦，心里松了口气，终于可以不用回答这些古怪的问题了。

接起电话后，万定邦的表情产生了变化，笑容逐渐从脸上消失。连续"嗯"了几声后，他用一句"我现在就去"结束了对话。放下手机，万定邦侧过头对乔俊烈道："来不及带你去队里报道了，先陪我跑一趟现场。"

"现在？"

"嗯，就现在。"万定邦见乔俊烈有些紧张，故意笑了几声，以缓解一下气氛，"没事的，不是什么大案。有个年轻人在家里自缢，多数是自杀，我们去看看。"

"自杀？"

"是啊，现在生活压力大，年轻人自杀率居高不下。"

乔俊烈想到了自己。

就在不久之前，他也动过这样的念头。

"对了，差点儿忘记和你说。"万定邦嘴里吐着烟圈，双手漫不经心地打着方向盘，"欢迎来到川东市刑侦队！"

2

案发现场位于虎城区三合路的一个居民区内。由于始建于二十世纪九十年代，小区内的住房都有些破败，垮掉的墙面也没得到及时修缮，整体观感不是很好。此外，绿化带的植物也因长久无人护理，显得十分杂乱，一块"爱护绿化，禁止踩踏"的木牌歪倒在一边，看上去像在那儿躺了一百多年。

万定邦驾着车行过逼仄的车道，好不容易才找到一个停车位。严格来说，那也不算是停车位，而是小区垃圾房边上的一块空地，原本应该是用来堆放建筑垃圾的。对于万定邦这样的老司机来说，车不是必须停在划好的车位里，哪里能容下一辆车，哪里就是他的停车场。

把车停稳后，万定邦打开车门，将烟蒂随手丢在地上，用脚碾了一下。乔俊烈指了指一旁的垃圾桶，但万定邦假装没有看见，径直往前走。乔俊烈只能弯腰捡起烟蒂，丢进垃圾桶里，然后随他往案发所在的七号居民楼走去。

上到三楼，有一间屋子房门洞开，门口拉着几条警戒线，应该就是发现尸体的现场。

万定邦领着乔俊烈进屋，不大的屋子里，挤满了现场勘查的技侦工作人员。这是一间老式两居室的房子，目测约有五十平方米。他们走进死者的房间，其中一位高瘦的男刑警见到万定邦，上前打了个招呼道："邦哥，怎么才来？"

他看上去三十岁出头，眉心有一块红色的胎记。

"路上堵啊！"万定邦把身后的乔俊烈往前一推，向高瘦刑警介绍道，"对了，这位就是赫赫有名的乔俊烈乔队长了。让重庆黑帮望风而逃的'山城虎'，这个名号，总听说过吧？小王，你和人家打个招呼！"

那位被称为"小王"的高瘦男子朝乔俊烈瞥了一眼，并没有表现出多大的热情，只是淡淡地说了一句"领导好"，立刻又将视线转到了万定邦的脸上。

"邦哥，应该是自杀，没有问题。根据法医的判断，死因是机械性窒息。"

说完，他又不厌其烦地将死者的情况讲了一遍。

死者名叫高俊龙，年龄三十一周岁，毕业于川东工业技术学校，毕业后就几乎没有上过班，一直靠父母过活。几年前，高俊龙的父亲高鹏因车祸过世，生活担子都落在了母亲曹月娥身上。目前曹月娥在乐福园养老院就职，做清洁工作，因为还要负担高俊龙的生活，经济上很拮据。

万定邦点了点头，问道："第一个发现尸体的是谁？"

"是死者的母亲。发现时间应该就是在上午八时左右，死者的母亲见到尸体后立刻叫了救护车，同时还打了110报警。"

"早上八点？意思就是她昨晚一整晚都没听见房间里儿子的动静？"

"并不是这样的。死者的母亲昨天夜里在单位值夜班，所以一夜未归。早上回家后，发现死者房间的门是开着的……"

"平时都是关着的吗？"

"对，死者平日里喜欢锁着门打游戏，不喜欢母亲打扰。所以死者的母亲一进屋，就觉得很反常，于是推开门，发现了儿子上吊的尸体。"

"她有没有动过尸体？"

"她试过几次，搬不动死者，于是选择打电话叫救护车。救护车来的时候，她一直托着儿子的双腿，但我们都知道，这无济于事。"

"死亡时间确定了吗？"万定邦从裤袋里取出烟盒，轻轻敲出一支香烟。

"根据初步的判断，死亡时间应该是昨晚的七点左右。"

"这么精确？"

"因为有外卖记录。死者用手机订了外卖，并且在六点五十分的时候，收取了外卖食物。所以我认为，至少在六点五十分之前，死者还活着……"

未等王刑警说完，乔俊烈突然插嘴问道："收外卖的确定是死者本人吗？"

"外卖员说，他送到时，屋里的人对他说，让他放在门口就行。"王刑警不知道乔俊烈为何要问这种无关紧要的问题。

"也就是不能确定收外卖的人是死者，对吗？"乔俊烈问。

"这有什么关系吗？"王刑警不耐烦地问道。

万定邦把烟塞进嘴里，用手拍了拍王刑警的肩，对他道："乔队多问几句也很正常，办案子就是要这种精神。"

乔俊烈没有理会他们，自顾自走到尸体边上。这时，死者的尸体还未装入殓尸袋，乔俊烈示意让勘查人员先等一等。他戴上手套，开始检查死者的颈部。

索沟八字不交，出血和缢沟的位置对应，一次形成，确实是自缢的特征。但是，缢沟为什么会在甲状软骨下方呢？他感觉有点儿不对劲。

勘查人员将殓尸袋的拉链拉上，正准备离开，又被乔俊烈喊住了。

"那张椅子，是被死者踢倒的吗？"

"没错。"

"就是在尸体下方，用来垫脚上吊用的吧？"

"嗯。"那人点点头，匆匆离开。看来对于乔俊烈这种陌生人，他也不愿意多说。

乔俊烈将地上的椅子扶起来，仔细端详了一番。这是一张实木椅，看样子是从网上下单送到家里，需要自己拼装的椅子。这时，乔俊烈闻到一股烟味。

万定邦走到他身后，低声问道："怎么了？"

乔俊烈转过头，看见万定邦嘴上那支烟并没有点燃。看来烟味是从他身上那件破旧的汗衫上传来的，天晓得他这件衣服有多久没洗了。

"有点奇怪，我相信法医也看出来了。"

"你什么意思？这难道不是一件普通的自杀案吗？"可能是嘴里含着一支烟的关系，万定邦说话声音有点含糊不清。

乔俊烈摇摇头。

"什么意思？"

"不知道。"

王刑警也沉着脸走了过来，他停在万定邦身后，目光越过万定邦的肩膀，投向乔俊烈。神情像是一个蓄势待发的狙击手。这种不友好的目光，乔俊烈早就察觉到了。但他不知道自己哪里得罪了这位刑警，他实在想不明白，也懒得去想，他根本无所谓。

他环顾死者的房间，除了空气中的霉味，还有四处丢弃的体育杂志、日本漫画、肮脏的T恤，以及用过后被捏成一团的纸巾。一个年过三十岁却足不出户的男子，在这间斗室中自杀了。自杀之前，还给自己点了一份外卖。

这可能吗？

"不可能。"

"你说什么？"万定邦没有听清，只知道乔俊烈嘟哝了一嘴。

"不可能是自杀。"乔俊烈将那把椅子一竖，放在身边，"不信的话，等尸检报告出来你们就知道了。"

"凭什么这么说？缢沟明明只有一处，如果是被人勒杀，恐怕不是这样的情况吧？"

王刑警双手抱在胸前，显然是不买账。

万定邦没有急于反驳乔俊烈，而是等着乔俊烈的回答。

"缢沟肯定不止一处，不过致命的一条最深罢了。为什么会造成这样的现象？我观察了死者的手腕，有明显的瘀青，我认为他被绞杀时，双手已被人牵制住了，这样就使得他无法挣扎，所以也不会形成多余的缢沟。由于双手受制无法挣脱，死者很快死亡。所以我的结论是，如果是谋杀的话，凶手可能不止一个。"

"那你认为有几个？"

乔俊烈伸出三根手指，答道："最少也有三个人，不排除有更多从犯的可能性。"

王刑警突然大笑起来，仿佛乔俊烈刚才说出的不是推理，而是一个可笑的网络段子。

"够了，明明就是一起简单的自杀案，让你搞得这么复杂，还是集体谋杀？看来乔队还是比较适合和黑社会打交道，普通案子不适合他。"

"我没开玩笑。"乔俊烈道。

"那你有证据吗？"

"我说过，等尸检报告出来，你们就会知道……"

"现在！"王刑警不由得提高了声音，"现在能不能证明？"

万定邦见两人气氛紧张，于是侧身站在他们中间，将两人隔开。他对王刑警的态度略有些不满，不过也能理解。空降一个来路不明的上司，换谁都不乐意。

"就是这张椅子。"乔俊烈用手拍了拍椅背。

"你开玩笑呢？"

"你不信？"乔俊烈将椅子拖到王刑警跟前，"你坐下试试看。"

王刑警看着他，不知道乔俊烈葫芦里卖的什么药。

"坐呀。"乔俊烈微抬下巴，语气并不友好，甚至近乎挑衅，

"怎么，不敢？"

"有什么不敢！"

王刑警一屁股坐了下去。只是还未等他坐稳，便听得椅子发出咔嚓一阵声响，整张椅子瞬时塌陷下去，王刑警狠狠摔了一跤，各种拼接的木料散了一地。

被乔俊烈这么一耍，王刑警怒火中烧，霍地立起，左手一把揪住乔俊烈的衣领，右手提起拳头就要揍他。

万定邦见状，忙上前紧紧抱住王刑警，劝他冷静。他知道，这一拳要是下去，他姓王的就别想再在刑侦大队待着了。

"你什么意思？竟敢耍我！"王刑警用手指着乔俊烈，"邦哥，你放开我，看我不教训他！"

万定邦道："小王，你别冲动，不就摔一跤，有什么大不了的？乔队你也是，小王对你态度确实不好，但你也没必要在椅子上动手脚。大家有什么不满意的地方，直说不就得了。"

"这张椅子我可没动过手脚。"乔俊烈冷冷道。

"可是……"

乔俊烈将视线从万定邦转到王刑警的脸上，对他道："小王，身为刑警，你早我们一步来到现场，这点观察力都没有吗？这把椅子虽已拼接完成，但还没拧上螺丝，根本无法承重，也就是个半成品而已。"

"那又怎么样？"王刑警脸涨得通红，显然没明白乔俊烈的意思。

但万定邦听懂了。

这张椅子既然不能承重，那死者必然无法站立在上面自缢。换言之，一定是有人将他吊上去之后，再将这张椅子侧放在他的脚下，伪装成被死者踢翻的模样。

进现场这才几分钟,就把细节瞧得这么清楚!这年轻人不简单啊……

万定邦看着乔俊烈,心里这样想道。

3

乔俊烈敲响了副局长周一鸣办公室的门。等了好一会儿,才听见回应。

他小心翼翼地推开门,看见一位身材瘦高的男子坐在实木办公桌后,正是周一鸣。他面前的桌上叠放了许多文件,一支钢笔随意地压在上面。周一鸣虽然很瘦,精神却很好,双目炯炯有神,如果不是满头的灰发和脸上的皱纹,状态简直和三十岁的年轻人没有两样。

见乔俊烈进屋,周一鸣立起身来,手掌做了一个"请"的姿势。

"随便坐。"他说。

"周局,打扰了。我是乔俊烈。"

"久仰!久仰!我关注你很久了,很优秀啊。坐,坐。"

乔俊烈在周一鸣对面坐下,心情还是有些许紧张。

对于周局他早有耳闻,据说性格有些古怪,并不是那么好相处。进办公室之前,万定邦还嘱咐他不要乱说话。

"周局好,我毕业于重庆警官职业学院组织犯罪侦查系,毕业后分配到重庆市公安局刑侦大队工作,任侦查员……"

"好了,不用自我介绍,你的情况我都了解过了。"周一鸣对他笑笑,继而道,"你知道自己为什么会被调来川东市吗?"

乔俊烈听了这个问题,先是一愣,不豫之色迅速浮现在脸上。

"因为我违反了人民警察的纪律条令。"

说出这句话对于他来说很不容易。

周一鸣扬了扬眉毛。"怎么违反的,你还记得吗?"

即便这间办公室里只有他们两人,但对这种问题穷追不舍,无异于使他难堪。乔俊烈认为周一鸣是故意要他丢脸,想给他一个下马威。

"殴打嫌疑人。"乔俊烈低声答道。

"我听不清楚,请你大声一点。"

"违反了公安机关人民警察纪律条令第十一条,体罚、虐待违法犯罪嫌疑人,被记大过处分。"乔俊烈喊出来。

"所以你认为,被调到川东和这个有关,是吗?"

"是!"

"那你为什么要殴打嫌疑人呢,"周一鸣补充了一句,"尤其是在对方已经失去了反抗能力的情况下?"

看来他都知道了,乔俊烈心想。不过也很正常,警务人员调动不是儿戏,在此之前,接受方一定会仔细调查事件的来龙去脉。

"因为嫌疑人持刀伤害幼儿,并致多名幼儿死亡。"

对于那个案件,乔俊烈至今都记忆犹新。

案件发生在重庆市欣康幼儿园内,犯罪嫌疑人刘某因情感不顺,遂起报复社会的念头,于是在上午十点左右,只身潜入欣康幼儿园,砍伤十五位幼儿,其中七人轻伤,五人重伤,三人死亡。警方接报警后迅速赶到现场处置,将受伤儿童紧急送医救治。在警方赶往幼儿园的途中,刘某趁机逃离案发现场。

当时正是乔俊烈负责这个案件。看到原本应该充满欢声笑语的幼儿园血流满地,参与案件调查的侦查员无不愤慨,尤其是乔俊烈,见到幼儿们痛苦哀号的画面,他发誓不论罪犯逃到天涯海角,也一定要将其抓捕归案。经过追查,发现犯罪嫌疑人刘某可能匿藏于巴南区的某所住宅内,乔俊烈立刻带队出发。

赶到现场后,刘某开始逃窜,他身手敏捷,唯有乔俊烈对其紧追不舍。两人来到一处无人地带后,展开搏斗,刘某虽手持利刃,却也不是乔俊烈的对手,没过几招,就被后者打翻在地。如果此时乔俊烈取出手铐将其制服,那么必然会立功,但刘某的一句话,使得乔俊烈瞬时失去了理智。

"老子活了四十多年,早就活够了,这次拉几个小鬼垫背,值了!"

看着刘某扬扬得意的面孔,又想起那些因为失去儿女而痛不欲生的父母,乔俊烈爆发了。

他一把将刘某按倒在地,提起拳头,对刘某的面门发起猛击。直到赶来的刑警将他们两人分开。

刘某的伤势并不严重,但乔俊烈的行为,却触犯了警队的纪律,被记了大过,并做暂时停职的处理。本以为等事情过去,自己还可以将功补过,谁知却等来了调离重庆、去川东市的通知。乔俊烈得知后,十分气愤,欲与领导争论,他宁愿降职也要留在这里,得到的回答却是"没有商议的余地"。

"所以,你后悔吗?"

周一鸣的问题,将乔俊烈从回忆中带回现实。

"我不应该动手,警队是纪律部队,我应该遵从人民警察的纪律。"

"认识到错误,很好。谁能无过?知错能改,善莫大焉。"周一鸣笑笑,他知道乔俊烈虽然嘴上这么说,心里未必是这么想,"不过呢,有件事,我必须纠正你一下。"

"哦?"

"你被调来川东市,和你殴打嫌疑人无关。"

"无关?"

"是我要你来的。"

周一鸣双眼紧紧盯着乔俊烈的脸,像是在观察他听到这个答案后,表情有何变化。

"周局,你……"

"乔卫国是你的父亲,对吧?"

"你认识我的父亲?"乔俊烈有些紧张。

"何止认识,他是我的战友,我们一起当过兵。怎么,他从未和你提起过我吗?"

乔俊烈低下头。"我们平时不太说话。"

"他倒和我提起过你。"周一鸣又笑起来,仿佛回忆老友是一件极为愉快的事。

"对不起,我对他没兴趣。他是他,我是我。"

乔俊烈没想到,在川东市竟然也能遇到父亲的老友。他所说的话也都是真的,对于父亲,乔俊烈没有任何爱意,只有怨气。这是他多年未曾解开的心结。

"毕竟父子一场,何必呢?"周一鸣面带苦笑,"斯人已逝,我们活着的人,应该多记他们的好处,而不是一直抱着过去的成见不放。"

"对不起,我不想谈论他。"

"卫国的追悼会我去了,没见到你。我本以为他说你们关系不好,不过是父子之间的一些小误会,但我没想到糟糕到了这种地步。"

周一鸣说到此处,深深一叹。

"如果没有其他的事,我就先出去了。"乔俊烈站起身,用行动来抗议周一鸣,"三合路的自杀案疑点还有很多,需要继续跟进调查。"

周一鸣不是老顽固,他见乔俊烈如此抵触,知道一时半会儿说服不了他,便对他摆了摆手。"你去吧,做事要紧。我今天和你说的话,你自己回去好好想想。"

乔俊烈朝他点了点头,转身去开门。这时,周一鸣又说话了。

"对了,还有件事要和你说。我调你来川东,并不是因为你是乔卫国的儿子,我要替他照顾你。完全不是这个意思。调你过来,完全是因为你足够优秀,这里有一件大案要交给你。等你先把手头的工作做完,我再来和你说那件事。去吧!"

说完这些话,周一鸣便低下头,认真地阅览起文件。他这一举动,也是示意乔俊烈,他们今天的谈话到此为止。

待乔俊烈回到办公室,万定邦已经坐在里面了。茶几的烟灰缸里有三支烟蒂,看来他已经等了有些时间。见到乔俊烈,万定邦便露出他那标准的笑脸,咧开嘴,扬起眉,笑容使他脸上的皱纹更加深刻了。

"邦哥,你怎么在这儿?"乔俊烈没精打采地问。

"还不是担心你乱说话!"万定邦用手指搓了搓下巴的胡楂,"他没有刁难你吧?"

"当然没有,还是很客气的。"

"客气?"万定邦大摇其头,"这就怪了,难道这老小子有把柄在你手上?"

乔俊烈本来想说,他和我爸是战友。但话到嘴边,又咽了回去。他生怕万定邦听了之后,追问关于他父亲乔卫国的一切。他不想谈自己的父亲。如果可以的话，他宁愿没有父亲。

"对了，你来队里第一天，还得带你见见几位同事。"万定邦道。

"也不急，兴许大伙儿都在忙呢！"

有时候万定邦热情过了头，反而激起了乔俊烈的逆反心理。而且按理说也应该队里的同事先来找他打招呼，毕竟自己是这支刑警队的队长。

"你现在有事？"万定邦问。

"没啊。"

"那还等什么，跟我来。"

说完，万定邦就拖着乔俊烈去了刑侦大队的办公区域。

办公室里零零散散坐着七八个刑警，他们见万定邦和乔俊烈进了屋，有几个便自顾自离开了，剩下的人本来正在嘻嘻哈哈地聊天，见了他们就别过脸，装没看到，有的打开电脑，有的拿出手机假装回复短讯。

万定邦清了清嗓子，对众人道："大家先把手里的工作停一停。我来给大家介绍一下，这位就是从重庆调来我们队的乔俊烈警官。我想他的名头，大家应该都听说过吧？这次乔队能够加入我们川东市刑侦大队，真是让我们如虎添翼！大家欢迎一下。"

等来的不是掌声，而是一片沉默。

万定邦有点尴尬，他没想到这群人一点面子都不给他，于是指着其中一人道："王康，你是副大队长，应该起表率作用！"

被万定邦点名的那位，转过脸来，正是乔俊烈在三合路现场见到的那位"王刑警"。他懒洋洋地打量着乔俊烈，并没有站起来的意思，用极为敷衍的口吻说道："乔队，来啦。欢迎，欢迎来咱们刑侦队当领导。"

"卢翔！韦朝辉！你们怎么不说话，哑巴了？"万定邦也有点怒了。

那位名叫卢翔的刑警，看上去三十岁左右，与乔俊烈差不多大，一头卷毛，皮肤很白，一看就是没吃过什么苦。比起卢翔，韦朝辉更像是电视里那种刑警，体格魁梧，肤色黧黑，面容坚毅。他们俩同时起身，朝乔俊烈点了点头，嘴里说了句"欢迎"，但明显言不由衷。

另外一位二十来岁的女孩，是来警队实习的，名叫包小婷。她一会儿看万定邦，一会儿看王康，一脸不知所措。万定邦见了，知道她为难，不想站队，也不愿使她为难，便拍了拍乔俊烈的肩，朝门外走去。

走出办公室很远，万定邦才对乔俊烈道："刚才的事，你别放在心上。"

"没事。我刚来，大家不服我，也很正常。"

"倒不是这个原因。"万定邦来到楼梯口，点燃了一支烟。

"哦？"

"如果这次没调你来，队长这个位子，原本是王康的。他有情绪，也是人之常情。"

"这样啊……"

乔俊烈这才理解他们为何这样对待自己。他想，或许领导原本已暗示过王康，待时机成熟便会升职，谁知乔俊烈从天而降，把这个职位占了。

"毕竟和你没关系，他们这样对你，不应该。"万定邦顿了顿，又道，"不过他们人都不错，不是坏人，工作能力也很强，合作久了，你自然会知道。"

"邦哥，劳你费心了。"

"哪里的话。我马上就要退了，在警队干了大半辈子，总希望我离开的时候，大伙儿还是能和睦相处，别闹得鸡飞狗跳的。我们当警察，最重要的还不是为人民服务，将罪犯绳之以法？你说是不是？其他都是虚的。"

"我明白。"

"嗯，明白最好。"万定邦说着，将烟灰随手弹在地上。

"对了，自杀案的尸检报告，什么时候能出来？"

万定邦抬起手，看了一眼腕表。"郁老师和我说，下午一点就能拿到了。"

"现在几点？"

"十一点不到，怎么啦？"

"邦哥，你有空没？陪我去个地方。"

"去哪里？"万定邦好奇地问。

"去找死者的母亲谈谈。尽管现在还无法确定是不是谋杀，但谋杀的可能性非常高。我们也不要浪费时间，先走访调查起来。"

"你还挺有干劲的嘛！"万定邦笑着将烟蒂丢在地上，用脚踩灭，"好吧，我就陪你走一趟。不过午饭你得负责。"

"没问题，不过走之前，我们还有一件事要做。"

"什么事？"万定邦问。

乔俊烈看了一眼地上的烟灰和烟蒂。

"先把地扫干净。"

4

曹月娥从厨房端来两杯用玻璃杯装的开水，放置在茶几上，然后在沙发对面的实木椅子上坐下，表情说不上是悲伤还是愤怒。昨天发生的事情宛如噩梦，使她一整晚未能入眠，她的双眼因哭泣而红肿。

乔俊烈盯着压在茶几玻璃下的那张照片，那时的曹月娥还年轻，岁月尚未在她脸上刻上皱纹，她手里牵着的孩子正对着镜头傻笑，手里握着一个塑料奥特曼。

"是他六岁时候拍的。"曹月娥将额前的刘海儿抹到耳后。

这话即便由曹月娥亲自说出口，可乔俊烈还是难以相信，这个脸上堆满笑容、乖巧可爱的男孩，长大后竟会变成经常殴打母亲的人渣。这个线索还是万定邦在来的路上告诉他的。就在昨天，王康他们完成了整栋楼的邻居走访工作，基本上掌握了高俊龙生前的一些情况，但他们绝对不会把情报拱手让给乔俊烈。

"他经常动手打你吗？"乔俊烈对着自己的脸比画了一下。

曹月娥露出惊讶的神色，仿佛在这个时候，这种问题不该被问出。她脸上的伤还没好全，虽然消了肿，但瘀青还在。

"是的。"她回答道。

"知道这件事的人多不多？"

"熟悉我家情况的，基本上都知道。"曹月娥说话声音很轻。

"你跟我之前的同事说过，高俊龙这些年来，几乎都窝在家里，没有几个朋友？"

"是的。"

"他性格很孤僻吗？"

"从前不是这样，但……我也不知道他怎么会变成这个样子。"

"你认为他为什么自杀？"乔俊烈的问题一个接一个。

"我……我不知道……"

"一点征兆都没有吗？"

"没有。"曹月娥用手捂住嘴巴,泪水在她眼眶里打转儿,"如果我发现他有寻死的念头,我一定会阻止他的。"

乔俊烈点了点头,在记事本上写下一行字。

他写字的时候没有抬头。"接下来的问题,可能有点冒犯,希望你不要介意。"

曹月娥将手从嘴边移开,勉强地点了点头,算是答复。

"有时候,我是说某些特定的时刻,比如在他虐待你的时候,你有没有过这样的念头,如果高俊龙发生意外死去,对你来说会更轻松一点?"

"乔队!"万定邦转过脸去看乔俊烈,眼神像是在看一个疯子。他难以置信,乔俊烈竟然对一个刚刚失去孩子的母亲,问出这种问题。

曹月娥显然也受到了冲击,好半天才回过神来。

"你的意思是,我儿子死了,我应该感觉高兴?"

"我不是这个意思,我的意思是,在某些特定时刻……"

"这位警官,我想你还没当父亲吧?"曹月娥的泪水从眼角滑落,她涨红着脸,对乔俊烈吼道,"我宁愿拿自己的命去换我儿子的命!他再怎么样,也是我生下来的孩子啊!他是我身上掉下来的肉啊,不论什么情况,我都不会希望他死!"

乔俊烈伸出手掌,安抚道:"阿姨,请你不要这么激动……"

"对不起,真的对不起!"万定邦也在一旁赔礼道歉,"是我们大意了。"

"我真搞不懂你们!龙龙人都没了,你们还来这里问东问西,有什么用呢?你们就算查清楚他为什么要自杀,他也回不来了……"

话说到此处,曹月娥恰巧瞥见儿子的照片,眼见照片里的儿子笑得如此灿烂,她心头一阵酸楚,泪水滚滚而出。她再也忍不住内心的悲伤,当着两位刑警的面,号啕大哭起来。

乔俊烈与万定邦对视一眼,知道在她这儿也问不出个所以然,便起身向曹月娥告别。

走出居民区,乔俊烈感到肚子有点饿了,便提议找个地方,先解决午餐问题。万定邦也正有此意,并提议去一家比较熟的路边摊。他开车载着乔俊烈,用了二十分钟,就来到了目的地,这是一家专做炒饭的小店,门口摆着十几张桌子,都坐满了食客。他们一人要了一份炒饭,付过钱后,就坐在路边候着。

乔俊烈去便利店买了瓶可乐,顺便给万定邦带了瓶啤酒。万定邦用嘴咬开啤酒瓶盖,咕噜咕噜往喉咙里灌了几口冰啤酒,顿时感觉神清气爽。喝了酒自然不能开车,幸好乔俊烈也带着驾照,而且下午也没什么任务,应该问题不大。

"乔队,你还没孩子吧?"万定邦将啤酒瓶放在桌上,突然问道。

乔俊烈知道,他还在怪自己刚才的鲁莽。

"邦哥,我知道错了。"

"我不是责备你,有些事情,你这个年纪不懂,也很正常。我像你这么大的时候,还不如你,现在回头去看,真是混账得一塌糊涂!"万定邦咧开嘴,发出爽朗的笑声,"话说回来,等你有了自己的孩子,你就会知道,大部分的父母宁愿自己去死,也不会伤害孩子。现在网上许多人都说什么'父母皆祸害',你说说,这是人讲出来的话吗?他们年纪小,还不懂父母对子女的爱,这种爱真的可以超越生死……"

乔俊烈见万定邦越说越动情，感觉气氛不对，于是插嘴问道："邦哥，你有孩子吗？"

果然，被他这么一问，万定邦立刻打住话头，脸上浮现出尴尬的神情。

"应该有吧？"乔俊烈又问。

"嗯，有……有的……"

"没听你提起过，多大了？"

"现在应该大学毕业了吧。"万定邦用不太确定的口吻说道。

"应该？"乔俊烈扬起眉毛，笑着问道，"怎么感觉你和你孩子不太熟悉啊？"

万定邦霍地站立起来，转身对店家道："喂，我们的炒饭怎么这么慢？都要饿死了！"

那店家正炒着饭，他与万定邦相熟，被催促几句，倒也不在意，只是嬉笑着道："邦哥，饿一饿，吃起来更香！"

乔俊烈知道，万定邦根本不是为了催促炒饭，而是不愿意去谈他的孩子。但乔俊烈的好奇心强过普通人百倍，只要他想打听的事，没有打听不到的。

万定邦装出一副生气的样子，骂了店家两句，又坐回了座位。谁知他屁股还没坐稳，乔俊烈又发话了。

"邦哥，你的孩子是儿子还是女儿？"

"女儿。"

"也是在川东市念的大学吗？"

"不是。"

"你当警察这么忙，平时联系多不多？"

"不多。"

"那你想不想她？"

"你的问题怎么这么多？"万定邦皱起眉头，对乔俊烈表达了不满。

与其说他这是生气，不如说是逃避问题的一种策略。

乔俊烈当然知道，所以他并不气馁，直截了当地说出了自己的推理。

"你们是不是不太联系？"

"怎么可能！我女儿很依赖我的，她心里时时刻刻都会想念我这个父亲。"万定邦急忙反驳道。

"你也说了，只是觉得她内心会想念你，却没说你们常联系。"

面对乔俊烈的逼问，万定邦放弃了挣扎。

"好吧，我们父女确实不怎么联系。"

"为什么不联系呢？"

"因为我和她妈离婚了。她对这件事一直耿耿于怀，所以就不理我了。"

这个话题像是打开了一个尘封多年的盒子，而盒子中装满了过去的回忆，此时，这些回忆破盒而出，占据了万定邦的大脑。

香喷喷的炒饭被端上了桌，而此时的万定邦早已没了胃口。

乔俊烈把盘子往边上挪了挪，看着还未动筷的万定邦劝道："邦哥，你不是饿了吗？先吃饭，边吃边说。"

万定邦"嗯"了一声，拿起筷子，才刚插入米饭，整个人又停住了。

"你一定想问我，为什么会和她妈离婚，对吧？"他说。

"邦哥，先吃饭。"

"我对她是这么说的，我说爸爸已经不爱妈妈了，婚姻是需要爱情的，没有了爱情，两个人勉强在一起，也不会快乐。可是她不愿意接受这个事实，那时候她才念初一，年纪还很小，什么都不懂。"

"以后再说，饭都要凉了。"

"我还记得女儿求我，说爸爸，不要和妈妈离婚好不好。她愿意用一切来换取父母婚姻安定。原本答应等她考上重点高中，就带她去上海迪士尼玩，她说不去了，只要爸爸妈妈在一起，她可以放弃任何事。"

"邦哥……"

乔俊烈不知道怎么劝了，万定邦像是自言自语般，说个不停。

"但最后我还是和我前妻离婚了。从那以后，女儿就不再理我了。她觉得是我破坏了这个原本完美的家庭，还认定我外面一定有别的女人。真是可笑，小孩子的想法就是一根筋。大人的世界，她怎么会理解？"

"那么，离婚的原因，真的只是因为你不爱前妻了吗？"既然无法打断他的叙述，乔俊烈索性说出自己的疑问。

万定邦摇了摇头，回答道："当然不是，我很爱她，至今我依然爱她。也正因为我爱她，才必须和她离婚。"

"我不明白。"

万志邦的筷子在米饭里搅拌。

"我的前妻长得很漂亮，这不是自夸，我和她相识的时候，她在单位已算是首屈一指的美女了。对了，忘记和你说，她是医院的护士。结婚之后，她一直对我的工作颇有微词，其实主要是收入方面，身为男人，这点我确实有愧于她。但干刑警这行，一直是我的理想，我也很自豪能穿上这一身警服。让我为了赚钱离开刑侦队，这是万万不能的事。我想，这也许就是她对我失望的开始。"

尽管有很多疑问，可乔俊烈并没有打断他，而是怔怔望着这个老头，安静地听他说下去。

"夫妻在生活中，自然会有争吵，可大部分时候，我都会让着她。渐渐地，我发现她和我吵架的次数也少了，甚至不爱和我说话，新衣服买得倒比从前更勤快了，每天出门前还会化妆。起初我也怀疑过，但立刻批评了自己，夫妻间信任是最重要的，没有信任，就像百米高楼没有地基，最终还是会崩塌。"说到这里，万志邦露出一丝苦笑，"直到那一天中午……说实话，我至今都难以相信自己的眼睛。"

乔俊烈几乎能猜到，他接下去会说什么。

"那天我受了风寒，发着三十九度的高烧，队里的同事都让我去看医生，我想也没什么大不了，回家睡一觉可能就好了，于是便提早回家。谁知打开门一看，却见到我的前妻与他们医院的一位医生赤身裸体地拥抱在一起。我的前妻自然是很惊慌，那位医生还当着我的面跪了下来，祈求我不要闹到医院。他是个有妇之夫，如果事情闹大，不仅工作不保，妻子恐怕也会和他离婚。我当时头脑一片空白，悲伤的情绪盖过了愤怒。于是我关上门，让他们俩待在屋里，我独自离开了家。

"我不记得我在马路上走了多久，也许是七个小时，也许是八个小时，我印象里天都黑了，我还在不停地走。高烧让我的体力透支，最后我实在没有力气，直接晕倒在路上。路过的好心人将我送去了医院。是的，就是我前妻任职的那家医院。醒来后，我见到了她，可她的眼中没有一丝关切，更多的是不安。她怕我揭发他们的事，多过于我的健康。从那一刻起，我就知道，我们的婚姻完了。

"出院之后，我就向她提出了离婚。哎，我是多么爱这个女人，至此都不愿意让她的名誉受到一点点损害。所以当我女儿质问我的时候，我只能把这一切背负在自己的身上。不然呢？总不能让我女儿知道她母亲所做的事吧？女儿是我最重要的人，我不希望她的心灵受到污秽。这种肮脏的事，由我一个人承担就够了。"

乔俊烈静静地看着万定邦，这个平时嘻嘻哈哈的老头，竟把自己最柔软的一面展示给自己。在这一刻，乔俊烈仿佛觉得他们两人之间的距离，一下子拉近了许多。他伸手拍了拍万定邦宽厚的背，什么也没说。

这个时候，任何语言都是多余的。

第四章

1

本地电视台的"晚间新闻"于七点准时播出，先是播放了几条国际新闻，然后才是社会新闻。直到新闻播完，都没有任何关于高俊龙被杀的消息。钱志国看得目不转睛，确定自己没有看漏，他心想，难道真如徐述圣说的那样，这种级别的案件根本上不了新闻？

"你别这么紧张。"

站在钱志国身后的戴兴华嘴上虽这么说，但烟却一支接着一支，全然不顾烟灰缸里的烟蒂已堆成了一座小山。

徐述圣坐在单人沙发上，一直低着头，沉默不语。

此时的他们，正在徐述圣家的客厅里。戴兴华的家肯定是回不去了，至于乐福园养老院，钱志国这几天也不想回去住。距离他们绞杀高俊龙，已经过去了一整天。

"怎么办？"钱志国站起身，在客厅里来回踱步，"我们不会有什么证据落在现场了吧？"

"又不是你动的手，你怕啥？"戴兴华不耐烦道。

"话不能这么说，真抓起来，我也是帮凶啊！"

"帮凶就帮凶，大不了枪毙！我真搞不明白，不都说好要一起去死了吗，怎么还前怕狼后怕虎的？"

"还说我，你当时脸都吓白了，你不也后悔了吗？"

"我……我哪有？！"

这时，徐述圣站了起来，对他们道："好了，别吵了。事情发展到今天这个地步,我们三个都有责任。当务之急,是稳住情绪。万一警察找上门来,千万不能露出马脚。尤其是你,老钱,你要控制好自己的情绪。"

钱志国点点头。

徐述圣把脸转向戴兴华。"你也收着点儿,一把年纪了,脾气还这么火爆。"

戴兴华嘟哝了两句,也不作声了。

那天,他见到高俊龙被绞死的模样后,求死的欲望忽然之间就消失了。幻想中的死亡,与直面死亡,感受完全不同。求生是动物的本性,而求死只是一瞬间的想法,如果不仰仗这股冲动,时间一久,人求死的决心就会降低。

高俊龙死后,他们三个围立在他的尸体周围,待了好久好久。没人愿意说出那句话——我们去自首吧。

"我不想坐牢。"

最后,还是钱志国先开了口。

"我也不想死。"戴兴华跟着说。

徐述圣没说话,但他脸上的表情,已经表达了他的想法。

他脸上写满了恐惧。世界上哪来那么多镇定的杀人狂?第一次杀人的凶手,内心都充满了恐惧。这种恐惧是多方面的,有对被捕的恐惧,也有对死者的恐惧,甚至对自己的恐惧。

"伪装……"徐述圣低声道。

"什么?"钱志国和戴兴华都没能听清。

"把他伪装成上吊自杀。"徐述圣对他们道,"只有这样,才能迷惑警方。像他这种人,死不足惜,没人会在意的。"

"警察会发现的吧?"戴兴华表达了担忧。

"也许会,也许不会,那我们为什么不试一试?"

徐述圣的话让他们哑口无言。

是啊，就算被警方发现是伪造自杀，也好拖延一下办案的进度。

"好了，别浪费时间，万一有人来就麻烦了。老钱，把那把椅子给我拿来！"徐述圣指了指钱志国身后的实木椅子，郑重其事地说道。

他们三人在高俊龙的房间里忙碌了一个多小时，终于将杀人现场改造成了自杀现场。其间，徐述圣负责现场的总指挥，戴兴华则承担了大部分的体力工作，只有钱志国一直神情呆滞，需要被催促才会办事。也难怪，三个人中，唯有他胆量最小，第一次参与杀人，整个人精神状态出点问题，也是可以理解的。

事情办妥后，三人偷偷溜出了房间。他们不敢在三合路打车，万一将来被司机指认，那可不是闹着玩的。他们离开三合路后，又走了半个多小时，才在路边拦下出租车，去徐述圣的家中。

一进屋，徐述圣就催促他们快点洗澡，还拿出自己的衣服，让他们换上。洗过澡，徐述圣从冰箱里取出一大袋速冻水饺，用水煮开，和他们分食。吃饭的时候，他们都没说话，戴兴华的胃口还好，钱志国吃了两只，就推说饱了。徐述圣嘴上不说，心里知道，老钱这人抗压能力差，杀人这事造成的阴影，估计得随他一辈子。

那一夜，他们都没睡着。

到了早上，徐述圣把另外两个人叫去客厅，说出了昨晚想了一夜的事情。

"老钱，你必须回养老院，不能一直留在我这里。"

"为什么？"钱志国不理解。

"现在这个点儿，曹月娥应该已经到家，发现了儿子的尸体。

不出意外的话,她会立刻报警,警察也会采取相应的行动。接下来,我们必须了解警察调查的方向,才能做出相应的措施,这样一来,即便查到我们身上,也可以提前准备证词。"

也许是一晚上没合眼的关系,徐述圣的眼球上布满了血丝。

"可是……我回去,我怕露出马脚,你知道我这个人,不会说谎……"

钱志国还未从昨天的惊魂一夜中缓过神来,这时候让他冒着遭遇警察的风险回到养老院,确实有些难为他。

"但如果你就此失踪,那嫌疑更大。所以我建议你放平心态,就装作什么都没发生。如果有人问起你昨天为什么一夜没有回去,就说在我家住了一晚。"徐述圣道。

钱志国低着头,没答应,也没反对。

"那我呢?"戴兴华突然问。

"你也回去。"徐述圣道。

"回哪里去?"

"你自己家里。"

"开什么玩笑?现在那帮要债的天天上门,我家里怎么待得下去?要是被那群人抓住,我这身老骨头,非被他们打断不可。这样还不如直接去警局自首,被枪毙还痛快点。"

戴兴华双手抱臂,显然对徐述圣的建议很不满意。

徐述圣对戴兴华道:"不回自己家,也必须找个其他地方待着。我们三个近期最好别碰面,联络的话,就用微信语音,说完就删了。"

"为什么?"

"现在的刑侦手段很厉害,我们虽然打扫了现场,可难免会出纰漏。万一警察查出是团伙犯罪,我们整天聚在一起,岂不惹人注目？像我们这种年纪，单个的话，体力根本比不上年轻人，警察绝对不会怀疑我们的。"

"也有道理。"戴兴华点了点头。

"那就这样决定了。"徐述圣见两人没有异议，接着说道，"如果有急事，我们就在微信里联络，见面的话，就在上次吃饭的那家饭馆，你们还都记得吗？"

那家他们决定一起去死的饭馆，怎么可能会忘记呢？

2

每月一次文艺活动，是乐福园养老院的特色项目，旨在让老年人也能发挥余热，表演自己的才艺。这种文艺活动并没有强制要求大家参加，也可以选择留在房间里休息，不过大部分人还是愿意加入集体活动。毕竟相聚在此，就是为了能够多一些人际交流，以遣孤独。

下午一点，钱志国刚回到房间，就被隔壁的老刘拖到活动室。

老刘名叫刘文德，今年六十八岁，一头白发，身材矮小干瘦，身高目测还不足一米六，总是穿着松松垮垮、破破烂烂的衣服，养老院里其他人开玩笑说他活像只老猴子。幸而老刘脾气好，开得起玩笑，和谁也不红脸，而且还特别热心。钱志国进养老院，第一个来与他打招呼的人就是这个老刘。

舞台上，有个七十多岁的老头正高唱《国际歌》，他挥舞着双手，怂恿其他老人站起来与他合唱。有的老人站起来应和，也有的腿脚不便，坐着给他打拍子。坐在钱志国身边的老刘也用手拍着大腿，兴奋地合唱着。

钱志国环顾四周，没有发现曹月娥的身影。他不敢问别人曹月娥的去向，生怕引起不必要的怀疑。徐述圣嘱咐的话还在他耳边——放平心态，就装作什么都没发生。

一曲《国际歌》唱罢，台上的老人似乎意犹未尽，于是又开嗓唱起了京剧《打虎上山》。他见台下的观众们集体鼓掌，喝彩连连，更是来劲。

老刘对钱志国道："你说周老头这把年纪了，嗓子和气力却不输年轻时啊！了不起！"

钱志国点头称是。

"怎么，你有心事？"

"没……没啊？"钱志国瞪大了眼睛，"为什么这么讲？"

"就是没精打采的。对了，你昨晚去哪儿了，怎么一夜没回？"

"去朋友家住了一晚。"

"哪个朋友？不会是瞿文珍吧？"老刘不怀好意地笑了笑。

"你胡说什么呢！当然不是！去了老徐那儿。"

"徐述圣啊？"

"对，这几天他身体不舒服，我过去帮忙照顾他一下。"

"他怎么了？"

钱志国左右看了一下，压低声道："查出来癌症。"

为了使自己"一夜不归"和"没精打采"更具说服力，他故意这么说。

老刘听了，长叹一声。"哎，怎么又是这个。去年我哥也查出来肝癌，几个月前刚走。"

"所以说人生无常啊！"钱志国也跟着嗟叹。

"人还是得想开点儿，说不定哪天就走了。到了我们这个岁数，活一天是一天，也别想太久远的事情。对子女也是，管那么多干吗,随他们去吧!"

老刘的妻子走得早,作为父亲,他对女儿的关心自然不够。关心不多,女儿就和他越来越疏远,几年前去了北京工作,过年也不回老家看他。眼看女儿现在四十好几了,就是不愿结婚,他只要催,两人就吵,这一直是他的心病。钱志国听他提起过好多次了。

高亢的京剧唱完,台上的老人体力用尽,便下台落座,台下少不了一阵热烈的掌声。随即,又一位身穿旗袍的阿姨登上舞台,展开一页信纸,对台下众人道:"我为大家表演的节目,是诗歌朗诵。诗歌是我自己写的,名叫《夕阳不孤单》,希望大家喜欢。"

台下一阵起哄的声音,看来这位阿姨平日在养老院很受欢迎。

阿姨清了清嗓子,开口道:"啊!夕阳,你是多么美丽……"

熬过了这一个小时的文艺活动,钱志国回到自己房间,洗了把脸。时间已是下午三点,离晚餐还有两个小时。因为昨天没怎么睡好,此时他也有些倦了。

谁知他刚在床上躺下,门外便传来一阵急促的敲门声。

他披上外套,下床去开门。"谁啊?"

"是我!"

是老刘的声音。

钱志国把门打开,见老刘一脸紧张地立在门口,心里咯噔了一下——他几乎已经猜到老刘找他是为了什么事了。

果然,才钻进房间,老刘就对他道:"知道吗?曹阿姨的儿子死了!"

"你说什么?"钱志国不知道此时该做什么表情才合适。

"好像是自杀,就是上吊。"

"怎么会这样……"

"刚才警察也来过了，直接去找了李院长。"不知道是兴奋还是恐惧，老刘在房间里来回走动，一刻没有停下。"不过我听人说，这件事也有蹊跷。"

"蹊跷？"

"对，你不觉得蹊跷？"

"有话就直说！"钱志国总觉得老刘看他的眼神中带着点其他的意思。

"你知道曹阿姨在家里，经常被她那个不成器的儿子打吧？"

钱志国点点头。

"对啊，而且最近还挨了一顿狠的呢！"老刘凑近钱志国，"说不定啊，当然，这可不是我说的，有人觉得，说不定是曹阿姨自己下的手。"

"胡说八道！"

"你轻声一点儿！"老刘拍打钱志国的手臂，"别人听见就麻烦了！"

"你们这是毫无根据的猜测！再怎么说，那也是人家自己的儿子，怎么下得去手？"

听了这话，钱志国确实有点生气，至于他在气什么，自己也说不上来。

"怎么毫无根据了，这种新闻还少？"老刘撇撇嘴，显然是对钱志国的反应很不满意。

钱志国问他："曹阿姨这人，你和她接触不少吧？"

"是啊，怎么啦？"

"你觉得她是那种冷血的人？"

"这和冷血不冷血没关系，她那儿子你又不是不知道，简直就是个人渣！我明着告诉你，我觉得死得好！他要不死，曹阿姨这辈子没太平日子过！"

"好，我不和你多废话，出去。"钱志国下了逐客令。

"老钱，我和你好好说话，你怎么赶人啊？"

"出去，出去！"

"好，好，我出去。你自己好好想想，我说的话有没有道理！"

老刘莫名其妙被撵出房间，也是一肚子气。

他当然不知道，钱志国是故意为之。他知道自己不像徐述圣那么心思细密，也不像戴兴华那么处变不惊，生怕多谈曹月娥的事，露出马脚。这事万一说漏了嘴，可不是闹着玩的。

老刘走后，钱志国睡意全无。

他细细琢磨刚才老刘说的话，看来已经有人怀疑曹月娥的儿子不是自杀，而是他杀。果然警察并没有那么好糊弄。但是他们把怀疑的目光投向曹月娥，倒是他万万没有想到的。为此，他内心还略有些愧疚。

钱志国惴惴不安地望向大门，总觉得下一秒，就会有警察冲进这个房间，把他押去警局。

3

别人是无家可归，他是有家回不了。

戴兴华伸手取过烟盒，才发现盒子里的香烟已经抽光了，地上满是烟蒂。

他所在的地方，是位于虎城区东南的阳光宾馆。这家破宾馆，别说星级酒店，就连连锁酒店都比不上，环境糟糕，管理也混乱，唯一的优点就是价格便宜，住一晚上才五十元。尽管临走时，徐述圣给了他一笔钱，但眼下是特殊时期，钱也要省着花。

纠结了半天，戴兴华还是决定去买烟。饭可以不吃，烟不能不抽，不然怎么熬过接下来的漫漫长夜？

他披上衬衫就下了楼。

楼道里一股子霉味，戴兴华不由得加快了脚步。

忽然，他心底冒出一个奇怪的想法——这味道和死人比，不知哪个难闻？

出了宾馆大门，外面的空气果然清新不少，戴兴华全然不顾路边汽车喷出的尾气，大口呼吸着。等到他感觉肺里的霉味儿都被过滤了一遍，才迈开步伐朝前走去。前方两百米的转角有个小卖部，平日里走过去只需要五分钟，可戴兴华今天却用了十分钟。

街道上来来往往都是人，在人群之中，他忽然感觉到一种莫名的安全感。

其实，自从将高俊龙勒死后，他就一直处于恐惧之中。在徐述圣与钱志国面前，他无法将这种情绪表达出来。他知道自己不是个好人，从小就是个不务正业的混混儿，寻衅滋事也是家常便饭，不知为此进了多少趟警局。

但这次是杀人。

严格来说，徐述圣和钱志国只是帮凶，将高俊龙活活勒死的人是他戴兴华。

人在做某件事之前，都会对自己的情绪反应做出一个预估。比如一个男孩和一个女孩分手，他知道自己会很痛苦。但至于痛苦的程度，他也只能预估，无法精准地感知，至少在分手之前他是无法感知的。对于戴兴华来说，杀人也是如此。他知道自己可能会有些担忧，甚至焦虑，却没想到会恐惧。

这一次，他高估了自己的承受能力。

他一向认为自己是个流氓，是个怒汉，是个无所畏惧的暴徒。这在他以往的生活经验中得到了充分的验证。当他用砖头砸碎别人的鼻梁，用玻璃瓶破开别人的脑门儿，这一切都在戴兴华心中化成了勇敢的证明。然而，这些暴行与谋杀相比，未免小巫见大巫。

才买完烟，口袋里手机的铃声便响了起来。

戴兴华瞧了一眼，是侄子戴伟打来的。

"喂？"他接起电话。

"叔，你最近去哪儿了，家也不回？我打座机都找不到你！"

"什么事？"

"我老婆生了！"

"真的假的？"戴兴华来了精神，"男孩女孩？"

"女儿！"

"女儿好，贴心！"戴兴华是真心为侄子高兴，"漂不漂亮？"

"当然，我这么帅，生的女儿怎么会不漂亮？"

"哈哈，也是！"

他自己膝下无子，一直将哥哥戴振华的儿子戴伟当成亲生儿子对待，非常宠溺。眼下听他有了孩子，好似自己当了爷爷般高兴。

尽管他和哥哥关系不好——主要还是戴振华一直嫌他游手好闲半生，不愿意好好谋一个差事，两人为此没少吵架，甚至闹到了老死不相往来的地步。但毕竟他对戴伟视如己出，他们叔侄俩倒是一直保持着联系。

其实，戴振华也知道儿子和弟弟有联系，只是睁一只眼闭一只眼罢了。兄弟俩脾气都倔，互不理睬好多年，这些年，但凡有事，都是让儿子戴伟传话。

"叔，满月酒你可要来！"

"什么时候？"

"下周末。"

"行！你小子和叔开口的事，哪一件叔不答应？对了，你爸知道你找我吗？"

"当然啦，你还不了解他？"

"行！就先这样！"

挂了电话，戴兴华又去边上的餐厅买了一份盒饭、两瓶啤酒。对于吃饭这件事，他向来不讲究，只要能填饱肚子就行，但酒不能不喝。烟酒这两样东西，离开一样他就活不了。

为了能在街上多逗留一会儿，他故意挑了一条比较远的路线，绕了一大圈才回到阳光宾馆。此时天色已经渐渐暗下来，街边的店铺纷纷亮起灯光，将这条商业街照得一片灯火辉煌。戴兴华回到房间，将桌子搬到窗台边上，看着楼下熙熙攘攘的人流，开始用餐。

才扒拉了没几口饭，放在桌上的手机又响起来。

这次来电的人是徐述圣。

"喂，怎么了？"戴兴华接起电话，小心翼翼地问道。

"你现在在哪儿？"徐述圣在电话那头问道。

"我还能在哪儿？当然是在宾馆！"

"方便说话吗？身边没有人吧？"

"没人。"

徐述圣吞吞吐吐的语气，勾起了戴兴华的好奇心。到底是什么情况，让说话一向直爽的老徐，变成这个样子。

"嗯，事情是这样的，我们可能遇到了一点麻烦。"

"麻烦？"戴兴华脑子里浮现的第一个念头，就是警察查到徐述圣身上了，于是脱口问道，"警察来找你了？"

"不是。"

这个回答让戴兴华心定了大半，于是他又问："那是什么麻烦？"

"虽然不是警察来找我，但也差不多。"

徐述圣说了句让戴兴华摸不着头脑的话。

果然，戴兴华继续追问道："我不是很明白，能解释一下吗？"

"我们被要挟了。"

"什么？"

"有人拿曹月娥儿子的事来要挟我们。"

"是谁？"

"我不知道。"

"他怎么要挟你的？"

或许徐述圣正在回忆当时的情况，所以顿了片刻，才继续说了下去。

钱志国和戴兴华走后，徐述圣坐在沙发上，心情非常复杂，心里反反复复地想着昨天发生的事情。但毕竟一夜未合眼，不知不觉就睡着了。睁眼的时候，已是晚上七点。一天水米不进，自然会饿。他来到厨房，准备给自己做点东西吃。谁知冰箱里空空如也，原来最后的速冻水饺，昨夜都拿来招待了他们。

尽管没有进食的心情，但饭总是要吃的，他披上外衣，准备下楼去采购食物。

他所住的居民区，出门右拐就有一家超市，地方不大，但日常用品倒还算齐全。徐述圣买了一篮筐的方便面和速冻食品。柜台收银的阿姨认得徐述圣，便对他说："徐老师，天天吃这些东西不健康，还是得在家自己做饭。"

徐述圣努力挤出笑容。"单身汉一个，做什么饭，随便对付对付就行了。"

他迅速地付过钱，然后提着塑料袋就走了。他生怕和别人聊得太久，脸上挂不住笑意。接二连三遭遇打击，笑这件事对他来说，已经是个奢侈品了。

来到居民楼下，他习惯性地打开信箱。现在人已经不怎么用信箱了，因为谁也不会再写信，谁也不会再订阅报纸，信箱的唯一功效，就是提醒你该缴纳电费或煤气费了。可多年来养成的习惯，让徐述圣每次回家，都会打开信箱瞧一瞧。通常除了缴费通知外，信箱里会塞满各种广告纸，有些内容甚至不堪入目，上面会印着美女的照片，照片下方写着一行"随时上门服务"的字样，还会附上联系电话。

而这一次，引起徐述圣注意的倒不是这些"特殊服务"的广告纸，而是一个白色信封。

他拿出信封，上面并没有写收信人的姓名。信封上一片空白。

徐述圣感到奇怪，他谨慎地用手指撑开信封，发现其中有两张照片和一页短笺。

他取出相片，只是看了一眼，便立刻将其重新塞回信封内。

心脏开始怦怦乱跳！

——怎么会这样？怎么会发生这种事？！

徐述圣这才意识到，他们被监视了。原来在暗处，一直有一双眼睛，死死地盯着他们三个，而杀死高俊龙的整个过程，都被那双眼睛瞧得一清二楚。

不仅是看见了，还被拍下来，打印成了照片。

徐述圣刚才拿出来的那张照片，正是他们三个死死按住高俊龙，试图勒死他的瞬间。如果把这张照片拿去警局，便是毫无争议的铁证。

幸好身边没有居民出入，徐述圣将信封塞进塑料袋里，与买来的食品混在一起，匆匆跑上楼梯。走楼梯的时候，他感觉腿脚都在发软，后背因汗水湿了一大片。

回到房间，他立刻将门反锁，整个人还处于惊恐之中，身体不住战栗。

徐述圣多么希望刚才只是他眼花。

再次打开信封，两张清晰的照片，将他仅存的侥幸心理击得粉碎。

一张即是刚才所说的杀人照片，另一张则是他们与高俊龙攀谈时拍下的照片。尤其是第二张，将三人的容貌拍得清清楚楚。

从拍摄的角度看，是从隔壁大楼俯拍的，因为高俊龙房间的窗户很宽，所以用长焦镜头，可以将房间里的人脸拍得很清楚。这时他才意识到他们犯了个巨大的错误——动手的时候没有把窗帘拉上。

——这下麻烦了！

接着，他又取出那张纸条。

上面仅有一行字：

限你们在一周之内，杀掉李康胜！

4

两张照片，一张短笺，就这么安静地放置在桌面上。

徐述圣、钱志国和戴兴华三人围坐在餐桌边，神情肃穆，没有人说话。这种沉默从徐述圣拿出信封开始，一直维持了有十来分钟。

"你什么时候发现的？"戴兴华朝身旁看了看，徐述圣的表情毫无变化，但他应该和戴兴华一样感到十分意外。

"我去超市买完东西，回家时候发现的。"徐述圣说道，"然后就给你们打了电话。"

钱志国从桌上拿起一张相片，看得十分仔细，眼睛微微眯大。

那是他们三个与高俊龙交谈时的照片，面部拍摄得非常清楚，如果警察拿到这张照片，他们是无法抵赖的。况且，他们还不知道"那个人"手里，还有多少这样的照片。

"从哪里拍的？"钱志国问道。

"感觉像是从对面办公大楼拍的，不过那栋大楼现在已经没人住了，传说被某个集团买下，准备改成大饭店。这楼废弃了好几年，又没监控，谁都能上去。"徐述圣叹道。

"看来他是有备而来。"钱志国舔着下嘴唇说道。

"现在怎么办？"戴兴华问。

"还能怎么办？完了呗！"钱志国把照片往桌上一扔，闭起双眼。他无论如何都想不通，怎么会有人监视他们三个。杀死高俊龙，不过是临时起意，凶手怎么能预判呢？

"别啊，难道我们坐以待毙？"戴兴华急了，把求助的目光投向徐述圣，"老徐，你说我们该怎么办？"

徐述圣皱起眉头，像是在思索什么。他将眼睛闭了几秒钟，再次睁开时，整个面部表情都发生了变化。他像是下定决心般站了起来，对他们道："摆在我们面前的只有两条路，一条是放弃挣扎，让那个人去报警，面对这样的铁证，我们也就别狡辩了，直接认罪，争取法院宽大处理。"

话虽如此，但另外两个人心里都明白，徐述圣并不想选这条路走。

"另一条路呢？"

戴兴华这句话，与其说是询问，不如说是催促他继续说下去。

"另一条路就简单了，听这人的话，去把李康胜杀了。"徐述圣说道。

"你疯了吧？还要继续杀人？"戴兴华也站了起来。

"不然呢，你还有更好的办法吗？"

"之前杀死曹月娥的儿子，因为他儿子是个人渣，我们也算替天行道。可李康胜是个大善人啊！他为川东市做了多少贡献，你又不是不知道。老钱现在住的乐福园养老院，也是他亏钱办起来的，我们怎么可以杀好人？"

"我知道他是个善人，不应该死，但我们没有选择的余地。"徐述圣寸步不让。

戴兴华见说服不了他，自己也没有更好的办法，便摇头道："我不说了，不说了，老钱，这件事你发表一下看法。"

钱志国在他们争论的时候，一直没机会说话，其实他内心也极为矛盾。

对他来说，戴兴华的话没错，首先杀人这件事，他不再想做第二次。当时因为失恋，头脑一热想要去自杀，现在想来已经后悔万分了。正所谓一步错，步步错，就是这样。而且李康胜为人正直，热心肠，对老人的照顾也很周到，这样的善人，他无论如何都下不去手。

但徐述圣也没错。眼下他们根本没有选择的余地，放在面前的路——要么就进监狱，身败名裂，晚节不保，要么就听"那个人"的话，动手杀了李康胜。但是……

"就算我们杀了李康胜,万一他继续威胁我们,那该怎么办?只要把柄在他手里,威胁就没完没了。"

钱志国提出的这个设想很可怕。

用"可怕"来形容,可能不太恰当,应该说"现实"才对。

"如果真是那样的话,我们也没办法。"徐述圣低下了头。

"他妈的!"戴兴华的拳头狠狠地砸向桌面,一阵闷响后,他又道,"要是让老子抓到要挟我们的人,我非弄死他不可!"

"对方知道我们杀了人,还敢来威胁我们,说明也不是个善茬。总而言之,我们现在最好有两手准备。他既然给了我们一个期限,说是一周之内,那我们也不能什么事都不干。我相信那个人还在某处监视着我们。要让他知道,我们已经开始着手计划谋杀李康胜了。与此同时,我们最好也想办法,追查一下要挟我们的人是谁。"

也许是当过教师的关系,徐述圣说话的时候的语气自信满满,隐隐有一种令人信服的气势。钱志国和戴兴华听了,除了点头外,没有异议。

"可是,我们要怎么才能找到那个人呢?"钱志国伸手摸了摸他那已"寸草不生"的头顶。每当他紧张的时候,就会下意识做这个动作。

"首先,这人一定知道我们三个是好朋友,同时也知道我的住址,而且对我们去高俊龙家的目的,早有预判。根据以上这些条件,我们可以大大缩小嫌疑人的范围。"徐述圣看向钱志国,目光炯炯有神,"我认为,要挟我们的人,很有可能与乐福园有关。"

"乐福园?"钱志国扬起脸,回看徐述圣,"对啊,我怎么没想到!曹月娥儿子的那些破事,乐福园谁不知道?那个人一定是在门外偷听了我们的对话。"

戴兴华在一旁听了,转身就要出门,立刻被徐述圣伸手拦住。"老戴,你要干吗?"

"去乐福园!"他没好气地道。

"你现在去做什么?"

"老子一个个去问,我就不信问不出个所以然来!"

"你傻啊!你去问人家就会告诉你?"徐述圣被戴兴华的蠢劲儿给气愣了,"都一大把年纪了,能不能动动脑子,别意气用事。"

"那你说怎么办?"

"只能暗中调查。我们手里也不是没有牌,比如能拍这样照片的人,一定用的是很昂贵的专业相机,乐福园里这几个老人,有几个会玩摄影?而且他想要了李康胜的命,一定是在某些地方,李康胜得罪了他,这种事也不难查出来。总之还是要耐心,你这样贸然过去质问大家,必然会打草惊蛇!"

"妈的,难道我还怕他们不成?别看我年纪大了,谁我都不怕!"

戴兴华虽然嘴硬,但心里也赞同徐述圣的提议。嚷嚷两句后,也就平静了。

最后他们在这件事上,基本达成了共识。

一边对李康胜的日常活动进行监视,为"刺杀"行动开始铺垫,做一场戏;一边潜入乐福园养老院,调查院里的人员关系,尽力找出威胁他们的是谁。

至于找到那个人后,准备如何处理,目前还不在他们的考虑范围之内。

第五章

1

手机的铃声使乔俊烈从一场美梦中惊醒。

屏幕上显示着万定邦的名字,他接起电话,用含糊不清的声音说了声"喂"。与此同时,刚才梦中的画面开始从他记忆中慢慢消失,明明感觉还在,却越来越淡,就像一块落入热水中加速融化的冰块。

"有新线索了。"

万定邦那头声音很杂,可能是在繁华的闹市区。

"什么线索?"乔俊烈用手指揉了揉眉心。

"可能和高俊龙被杀的原因有关,不过暂时无法确定。"

"有嫌疑人?"

"不能确定,但也不能否定。还是需要调查一下。"万定邦沉默了许久,给出了一个模棱两可的答案,"你现在在家吗?"

"是的。"

"好,那我来接你,十五分钟后到。"说完,万定邦就挂了电话。

乔俊烈从床上爬起,去卫生间洗了把脸。昨夜看案卷看得太晚,到现在也只睡了四个小时。为什么少睡两三个小时,人会这样疲倦?真的是老了吗?十年前,他通宵不睡都不会感觉劳累,照样和朋友约着一起去打篮球。看来人真的不能不服老。

洗漱完毕,乔俊烈走出卫生间,来到厨房。由于刚来川东市不久,还没来得及去超市采购,冰箱里几乎没什么吃的。可是现在叫外卖的话，时间又不够，万定邦说十五分钟后就到，再快的外卖也无法在这么短的时间内送达，更何况还得算上用餐的时间。所以乔俊烈决定等万定邦来了之后，一起去外面吃。

实际上，万定邦到达乔俊烈家的时候，离电话挂断已有四十分钟。

"来的时候，路上发生了事故。当然不是我的车，是别人撞了，整条路的车都给堵得一动不动。"

万定邦的解释不知是真是假，不过真假对于乔俊烈来说根本不重要，姑妄听之。

"烟味怎么这么重？"上车之后，乔俊烈被车里浓烈的烟味熏得够呛。

"那你把车窗打开。"万定邦打着方向盘，随口说道。

"不是开不开窗的问题，邦哥，你也不年轻了，烟能少抽一口，尽量少抽一口。"

"知道了。"

万定邦嘴上虽这么讲，但一听就知道是敷衍。

"对了，我起床后还没吃过东西呢！"

"都几点了，还没吃饭呢？"万定邦看了一眼中控屏幕的时间，扬起眉毛说了一句，"都快到中午啦，走走走，邦哥带你去吃饭。"

"不是说先去调查高俊龙的案子吗？"

"急什么，再紧急的事，也得吃饱饭再做！"万定邦咧开满是胡楂儿的嘴笑起来，"这是老刑警给你的忠告，记住了！"

他们驱车来到广福区水城路的一家面馆。万定邦一路上都在说这里的牛肉面天下无敌，非要乔俊烈来尝尝。这家面馆门面不大，里面却挤满了食客，老板认得万定邦，热情地寒暄几句后，招呼他们去了一块靠近厨房的无人区。

两人坐定后,分别点了这家店特色的牛肉面。

趁着等面的空隙,乔俊烈问万定邦是不是找到了杀高俊龙的嫌疑人。

就在前天,他们拿到了法医那边的验尸报告,果然如乔俊烈推理的那样,高俊龙并非自杀,而是被人从身后勒死。而且从他的双手手腕处可以发现许多瘀青,不像是绳索捆绑的痕迹,更像是被人用手按出来的。这样一来,乔俊烈那番"凶手不止一个人"的论调就有了依据。这件事也使得王康丢了面子,闹得很不愉快。

"确定高俊龙系他杀后,卢翔和韦朝辉那边就开始了排查工作,调查后发现,高俊龙几乎没有联络人,网络游戏上的那些人在现实中和他没有交集。"

"就这些?我们去曹月娥家的时候不都知道了吗?"乔俊烈听完之后有点扫兴。

"还没完呢!高俊龙的联络人确实很少,但不代表一个也没有。卢翔发现他最近和一个名叫陆小军的人来往甚密,经常互通电话。"

"陆小军?这是个什么人?"

"就是个混混儿,没有正经职业,他是高俊龙的同学。"

"他们俩是朋友吗?"

"算不上朋友,就是普通同学的关系,而且也就是近两个月才来往比较密切。后来,卢翔就去找了这陆小军谈话,问高俊龙找他什么事。起初,这陆小军还嘴硬,硬说没事。普通人撒撒谎,骗骗别人还行,可他们哪里骗得过警察?陆小军被卢翔唬了几句,才把真相说了出来。"

"什么真相?"乔俊烈身体微微向前倾斜,一脸好奇地问道。

"原来,高俊龙委托陆小军去查自己是不是曹月娥的亲生儿子。"

"什么?"

这个消息确实很劲爆。乔俊烈没想到,高俊龙死之前,还怀疑过自己的身世。

"很奇怪吧?我当时听了,反应也是和你一样的。"

"不对啊!"乔俊烈猛地挠了挠后脑勺,"陆小军是个混混儿,高俊龙对他应该知根知底才对,怎么会让他去查?像他这样的混混儿,能查出什么结果来?"

"这你就是只知其一、不知其二了。"万定邦笑道。

"怎么回事?"

"他陆小军虽然是个废物,但这个年头,废物招人喜欢啊!陆小军的女朋友是川东亲子鉴定中心的工作人员,高俊龙得知这件事后,就把陆小军叫了出来,委托他查一下。"

"结果呢?"乔俊烈迫不及待地问道。

"你是想问,曹月娥究竟是不是高俊龙的亲生母亲,你猜猜看!"

这个时候,面馆老板端来了两碗热腾腾的牛肉面,一时间,香气弥漫,碗里的面汤上蒸腾起了袅袅热气。看这碗面的卖相,就知道味道绝对差不了。

但比起牛肉面,乔俊烈更在意万定邦刚才所说的话。

"邦哥,你就别卖关子了,说吧!"

万定邦见乔俊烈没有动筷的意思,也不忍再戏弄他,便道:"亲子鉴定的结果——曹月娥果然不是高俊龙的母亲。"

乔俊烈瞪大双眼。

"怪不得他对待曹月娥的态度是这样……"

"话不能这么说！"万定邦板起脸来，"即便不是亲生父母，曹月娥一把屎一把尿把这白眼狼养这么大，也不容易。不是亲生父母，更应该孝顺！"

"邦哥，您说得是，别这么激动！"

"好了好了，先不说了，吃面。吃完还有事得去办呢！"

"什么事？"

"当然是去见见陆小军啦！"

说完，万定邦不再理会乔俊烈，自顾自大口吃起面来。

2

他们把见面地点定在了民安街上的一家咖啡店。

乔俊烈和万定邦等了大约有半个小时，陆小军才晃晃悠悠地从大门口走过来。和想象中完全不同，陆小军的身材非常肥胖，肚子凸起，整个人像个长腿的皮球。他留了一头长发，但头发显然许久没洗，很油不说，还一绺绺粘在了一起。乔俊烈受到了刺激，他难以想象这样邋遢的男人竟会有女朋友？

午饭时间，咖啡馆里几乎没什么人，所以陆小军一眼就找到了万定邦。

"你就是那个警察？"

"对，我就是。你先坐。"

见万定邦起身招呼陆小军，乔俊烈也站了起来。

"其实知道的事，我都和那个姓卢的警官说了。"陆小军伸手挠了挠头，一些白色的头皮屑随之飘落到他的肩上。

"我知道，我也看了你的笔录。不过呢，我还是想亲自来和你聊聊。放心，这次见面不算传唤，就当我请你喝杯咖啡。"万定邦笑着说。

陆小军听了这话，松了口气，连忙招呼服务员要了一杯拿铁。

服务员离开后，万定邦便问道："高俊龙是什么时候开始委托你的？"

"查他和他妈的关系吗？"

"是的。"

"应该是半年之前。"

"他有说过，为什么会想要查这种事吗？"

陆小军歪着头想了想。"好像是血型。"

"什么血型？"

"半年前他身体不舒服，老是觉得头晕，就去医院做了个全面检查。但是验血报告上显示，他的血型是O型。"

"然后呢？"

"他妈可是AB型呢！"陆小军道。

乔俊烈向万定邦解释道："父母一方如果是AB型血的话，不可能生出O型血的孩子。"

陆小军接着说："高俊龙虽然没文化，但电视剧看得不少，AB型血的父母生不出O型血这种事，他也知道。那时候他就起了疑心。不过查下来结果确实如他所料，高俊龙的亲妈应该不是那个女人。"

"知道真相后，高俊龙什么反应？"

"就是很愤怒吧，还想知道自己亲生父母是谁。我记得他还说过，搞不好自己的亲生父母是有钱人。"

万定邦瞧了乔俊烈一眼，嘴角含笑，乔俊烈知道他的意思，像高俊龙这种人，发现养育自己多年的父母不是亲生，第一反应竟然会是这个,果然烂泥扶不上墙。

"对了,他还觉得,自己一定是被拐卖的。"陆小军补充道。

"嗯,确实不能排除这种可能性。"

在国内,从孤儿院收养孩子并不容易,有许多条条框框。首先,在经济上就有比较高的要求,按照曹月娥的家庭条件,万定邦不认为她能达到收养孤儿的水平。不过这种事想要调查也不是很难,回头让卢翔调取一下资料即可。

"了解身世之后,高俊龙有没有表现出轻生的倾向?"乔俊烈问道。

面对这个问题,陆小军先摇了摇头。"完全不可能。高俊龙不会自杀,他怕死得很!"

"可他确实自杀了啊。"乔俊烈故意这么说。

"这点倒真出乎我的意料。"

"你觉得有没有别的可能?"

"什么?"陆小军不明白他的意思。

"没什么。"诱导性的提问,很容易将调查陷入误区,乔俊烈赶紧刹车,立刻换了个话题,"高俊龙的母亲知道这件事了吗?换言之,高俊龙有没有把调查的结果,告诉他的母亲。"

"我不知道。把检测结果告诉高俊龙之后,我和他就没联系了。"

"再也没见过面?"

"是啊,本来我们交情也就一般。"

乔俊烈抱起双臂,陷入沉思。一个可怕的念头在他脑海中若隐若现,他不希望这种猜测是真实的,但就目前掌握的情况来看,这种猜测绝不是毫无根据的。

这时,陆小军要的拿铁被服务员端上了桌。他拿起杯子,还没到嘴边,万定邦又发问了。

"对于曹月娥,你怎么看?"

"什么娥?"

"就是高俊龙的母亲。"

万定邦这才反应过来,陆小军完全不知道高俊龙母亲的名字。这样看来,他们的关系可能正如他所言,谈不上有多好。

"他妈这人很奇怪。"陆小军没头没脑地说了一句,随后便开始回忆,"念书时我见过几次,都是去他家玩的时候见到的。怎么说呢,对高俊龙不怎么管教。"

"你的意思是溺爱吗?"

"不完全是。与其说是溺爱,更像是一种放任。"

"这有什么区别吗?"

陆小军思考了半天,用力挠了挠头发,丧气道:"我说警官,你们就别为难我了,我文化程度不高,肚子里墨水有限,有些东西我不知道怎么去形容。"

"你所说的放任,是不是即便高俊龙犯了错,曹月娥也不会惩罚他?"

"对,对,就是这个意思。"

"如果不是亲妈,这样做我大概也能理解了。"万定邦插嘴道。

"为什么?"乔俊烈问。

"一看就是没做过父母的人,很简单,因为不是亲生,所以怕被报复啊。"万定邦进一步解释道,"如果是亲生孩子,父母怎么打骂都没有心理负担,毕竟天下无不是的父母,他们在动手教训孩子时,也很有信心孩子不会记仇。但领养孩子的父母却不同,对待孩子的心态有很大差别,总是害怕对他责罚过重,孩子记仇,将来长大后报复自己。所以,有一部分养父母对孩子的宠溺已经到了匪夷所思的地步。"

对于为人父母这方面的经验，乔俊烈是缺失的。

"那换个角度来看，曹月娥一直处于高俊龙的威胁之下，这种可能性是否存在呢？"

面对乔俊烈突如其来的问题，万定邦一时回答不上。他沉默了一会儿，才开口道："也不是没有这种可能……"

"你看，又绕回到我最初的推理了。"乔俊烈说这话时颇有些得意。

曹月娥有重大的作案嫌疑——乔俊烈就差把这句话说出口了。

之前万定邦认为，作为母亲，曹月娥绝不会亲手杀死自己的孩子。但现在性质变了，高俊龙不是曹月娥的亲生孩子，曹月娥对他的爱恐怕也会打个折扣，再加上高俊龙得知了自己的身世，对养母的虐待只会变本加厉。

如果他真的在曹月娥面前摊牌，会发生什么事呢？

这个秘密，曹月娥在丈夫死后，一直独自承受着。她或许在听见高俊龙宣读鉴定报告的时候，内心就已经动了杀机。

陆小军端起咖啡杯，将里面的拿铁一饮而尽。喝完后，他将杯子放在桌上，目光来回扫视面前的两位警察。

"该说的我都说了，请问两位警官，还有什么想问的吗？"

"没了，你可以走了。"

万定邦朝他挥了挥手，像是在驱赶一只苍蝇。

3

门一打开，曹月娥的表情就起了变化。

起初只是面无表情而已，但在与乔俊烈视线相触的一瞬，她的眉头狠狠地扭在了一起，眼神中流露出不耐烦的神色。她认得站在门口的这两位警察，也记得上次谈话中，乔俊烈是如何用冒犯的问题不断试探她的底线的。

"你们怎么又来了？"

门虽然被打开了，但曹月娥用身体挡住门口，不让他们两人进屋。

"是这样的，有一件事，我们想请您确认一下。"乔俊烈道。

"什么事？"

"这里说话恐怕不太方便。"乔俊烈用手指了指屋内，"要不我们进去说？"

"不用了，就在这里说。"曹月娥没有移动半步。

乔俊烈无奈地把目光投向万定邦，希望他能站出来，替他解决这个难题。

万定邦清了清喉咙，对曹月娥道："我觉得还是进去说比较好。我们查出一些关于你儿子的信息，如果你想知道的话……"

"就在这里说，否则就别说了。"

曹月娥的表情缓和了不少，但立场丝毫没变。

乔俊烈环顾一圈，发现对面的大门紧闭，过道里也没有闲杂人等，于是低声道："我们是来确认一下，你与高俊龙的亲子关系。"

可能是信息量太大，曹月娥一时没能反应过来，愣在原地。

"我……我不知道你在讲什么！"过了好一会儿，她才勉强回答道。

"要不要我再重复一遍？"万定邦冷冷道。

曹月娥闭着嘴，目光闪烁不定，似是有极重的心事。她这些情绪上的变化，自然逃不过老刑警万定邦的眼睛。

"我们既然能来这里，就是掌握了可靠的证据。警察办案子，从不是靠猜，没有真凭实据，绝不会来敲你家大门。"

万定邦的话似乎起到了一点威吓作用，曹月娥说话的态度也变得柔和了。

"我把他当亲儿子一样。"

"他知道这件事吗？"乔俊烈问道。

"知道。"

"什么时候的事？"

"就是最近。"

"知道真相后，他对你的态度有所转变吗？"

曹月娥摇摇头。"和以前一样，没太大的改变。"

"还是会动手打你？"

"是的。"

"如果不是高俊龙亲自调查，这件事你是不是打算瞒他一辈子？"

"说了又能怎么样？除了给我儿子带来痛苦之外，没有任何好处。尽管我和他不是血缘上的母子，但我对他视如己出，生活上从来没有亏待过他。"

乔俊烈心想，这是两码事。但这句话没有说出口。

万定邦又道："我还有个问题，你们是通过正规手续从孤儿院领养的吗？"

曹月娥听了，半天不说话，面色极为难看。

见她是这样的反应，万定邦和乔俊烈心里都有了答案。

"看来这个问题，你很难回答啊。"万定邦道。

"你究竟想要我说什么？"

"我们希望你把知道的，都告诉我们。"

"请你们体谅我一个老人的心情,我刚刚失去了儿子,现在的情绪还没能平复,请你们不要再来打扰我了。"

"抱歉,这是调查。你也想早日抓到杀死你儿子的真凶吧?"

"什么真凶?"曹月娥忽然怔住了。

乔俊烈不知万定邦是不是故意说漏了嘴,可话都说出了口,只得硬着头皮接下去,于是便道:"经过我们的调查,发现高俊龙是被人勒杀的,而非自缢。所以我们才会一次次拜访和案件相关的人员,搜集一些对破案有帮助的线索。"

他说完后,偷偷瞥了一眼万定邦,见他眼神中毫无责怪的意思,便明白他是故意这么说给曹月娥听的。

"我儿子是被人杀害的?"曹月娥的神态变化极大,说话声大了许多,"是谁,是谁杀死了我的儿子?你们有没有查出来?"

"曹阿姨,您别急,我们的调查才刚刚开始,我相信不久就会锁定凶手。不过,在此之前你必须配合我们的工作。我们的目标是一致的,就是早日破案。"乔俊烈耐心地说道。

"真的有人杀了龙龙……"

曹月娥低着头,反复说着这句话。她说话声音很低,更像是在自言自语。

"曹阿姨,我……"

"对不起!"曹月娥突然打断乔俊烈,"我现在没法接受你们的询问,我……我需要一个人静一静。我不知道龙龙竟然是被人害死的,我一直以为是我的问题,可是……对不起,我无法接受这件事。"

乔俊烈向万定邦投去求助的眼神,对于处理这种问题,老万一向比他拿手。

"好吧,既然这样,你就先休息。"万定邦的态度忽然来了个大转变，语气也变得温和起来，"等我们有其他消息，再来打扰。"

"如果找到杀死龙龙的凶手，请务必第一时间通知我！"

曹月娥的语速很快，语气说不清是愤怒还是哀伤。说完后，她连"再见"也没来得及说，就直接关上了大门。

乔俊烈站在门口，叹了口气道："好了，才没说几句话，就吃了个闭门羹。邦哥，高俊龙的事，你是不是故意说漏了嘴？"

"废话！"万定邦简短地回答道。

"为什么？"

"我就是想看看她的反应。"

"看下来怎么样？"

"就我当刑警这么多年的经验，如果曹月娥是装的，那她的演技可就太好了。不过我也不排除这种可能性，有的人天生就比普通人会吹牛，脸不红气不喘，连测谎仪都拿他没办法。"

两人边说边往楼梯方向走去。

就在这时，他们身后追出一个鬼鬼祟祟的老太太。这位老太太一头白发，满脸都是皱纹，看上去年龄得有七十多了。她叫住万定邦和乔俊烈，还不住回头看，像是将要透露一些不可告人的秘密。

"你们两位是警察同志吧？"老太太问道。

"对，我们是警察。请问有什么可以帮助您的吗？"乔俊烈问。

老太太不说话，伸手将两位警察推至一个角落，又往身后张望了几眼，才偷偷说道："我是住曹月娥对门的邻居，其实刚才你们的对话，我都听到了。"

"是吗？"万定邦装出一副很意外的表情，其实是想引出老太太后面的话。

"她儿子几天前上吊死了,这事整栋楼都知道,大家都很难过。不过我见警察三番四次来这里找她,就感觉这事没那么简单。"

"您别多想,也不复杂。对了,您找我们俩,究竟是什么事啊?"

乔俊烈在和老太太说话间,万定邦给自己点了一支烟,他想尽快结束这场对话。

"我不太清楚,这件事对你们会不会有帮助,就是有点反常。"

"不论什么事情,都可以告诉我们。"

"我看见啊,曹阿姨在楼梯口打自己耳光呢!"

老太太说话时候总是东张西望,像是生怕被邻居瞧见。

"打自己耳光,什么时候?"乔俊烈觉得十分不可思议。

"就是他儿子自杀前一天。"

老太太答得很干脆,看来这件事对她来说印象极为深刻。

乔俊烈看向身边的万定邦,后者也是一脸迷惑。

"很奇怪是吧?我也想不明白,她干吗打自己呢?我回家后想了想,不会是精神上出了问题吧?要是这样,我住她对门,那可就麻烦了!"老太太忧心忡忡地道。

"这种情况,你见过几次?"万定邦问道。

"就一次。"老太太不假思索地说道。

乔俊烈和万定邦同时陷入沉思。

在旁人看来,曹月娥古怪的举动让人无法理解,但在他们眼里,却有一个合理的解释。

"警察同志,如果她精神上有问题,到时候我可怎么办?"老太太焦急地催问道,"对了,你们警察管不管这个事情啊?"

4

第二天一早,乔俊烈就来到了警局,可这时办公室里只有卢翔和包小婷,队里其余的侦查员还没到。也不知道是他们故意不配合乔俊烈,还是一向如此,这样散漫的工作态度让乔俊烈极为不满。他下意识地认为是王康在捣鬼。

"小婷,八点整开会,通知一下。"乔俊烈对着正窃窃私语的两人喊道,语气并不友好。

"离八点只有一刻钟了,会不会太赶?"包小婷回道。

"太赶?"乔俊烈胸口燃起一股无名之火,"你顺便通知他们。今天开会迟到的,从明天开始,别来我队里报到!"

包小婷吓得缩紧脖子,点了点头。她身边的卢翔也是一脸尴尬,忙低头按起手机来,可能是给其余几人通风报信。

乔俊烈说完,大步走进了自己的办公室,顺手甩上了门。

一进门他就开始后悔,是不是对包小婷的态度太过恶劣了。毕竟人家小姑娘才二十出头,又是个实习生,被吓跑了可怎么办?但眼下出去和她道歉,卢翔在旁看着,他又丢了脸面。思来想去,最后还是作罢。脾气暴躁,做事冲动,完事后又容易后悔,这是乔俊烈的性格弱点,而这个弱点也曾让他吃足了苦头。

乔俊烈打开电脑,开始整理自己的思绪。

曹月娥是有杀死高俊龙的动机。因为高俊龙从陆小军处得知曹月娥并非自己的亲生母亲,所以怒火中烧,虐打了曹月娥,而这个举动很有可能让曹月娥起了杀心。但是她一个人不足以杀死高俊龙,所以需要一个"帮凶"。

在高俊龙遇害前一天,曹月娥曾在楼道里抽打自己。她这么做的目的,显然是为了加重自己脸上的伤势,以证明儿子经常虐待她。这伤可能是为了给帮凶看的。当对方见曹月娥的处境如此艰难，便答应协助她杀死高俊龙。

不过这一切目前也只是猜测。

但还有一个问题，曹月娥自己有没有参与这场凶杀？

根据验尸官的判断，高俊龙双手手腕有多处瘀青，因此乔俊烈认为不止一人作案，那么就可以假定两种可能：一、曹月娥在现场，和另一个人一起杀死了高俊龙；二、曹月娥不在现场，另外两个或更多的人联手，杀死了高俊龙。

就目前掌握的线索来看，第二种可能性更高。因为在案发当夜，曹月娥正在乐福园养老院值班，所以她是有不在场证明的。如此一来，调查重点就是要找到曹月娥的帮凶。而曹月娥的生活圈子很小，社会关系简单，大部分联络人都在乐福园养老院中。

所以，接下来就是要分配任务，全面排查乐福园养老院的工作人员及其服务对象。

乔俊烈取出钢笔，把会议需要安排的事项都写在了记事本上。

这时，他的手机忽然响起，来电的人竟是川东市公安局副局长周一鸣。

"小乔，是我。"

电话那头传来了周一鸣的声音。不知是不是信号差的关系，同上次办公室面谈时相比，对方的声线粗粝了许多。

"周局您好，请问找我有什么事？"

"你今天晚上有没有空？"

"今天啊……"

乔俊烈想了半天也想不明白，周一鸣找他能有什么事？难道是和高俊龙的案子有关？

"一个大男人，说话怎么吞吞吐吐的，就说有还是没有。"周一鸣调笑道。

"有……"乔俊烈答得很勉强。主要是他心里没底,不知局长找他有何贵干。

"好的,晚上和我吃个饭。你来川东市这么久,我还没尽过地主之谊。时间地点我一会儿发微信给你。不准推辞啊,这是命令。"

话一说完,周一鸣就挂了电话,完全不给乔俊烈拒绝的机会。

乔俊烈蒙了半天,脑子里都是问号。直到门外响起了敲门声,才把他从这种迷迷糊糊的状态中扯回现实。

"喂,你不是说八点整开会吗?"门被人从外面推开,万定邦探出半个身子,嘴里还叼着根烟,"所有人都到了,在会议室等你呢!"

"我……我这就来!"

乔俊烈忙从椅子上起身,临走时还差点儿忘带记事本。

会议开始后,基本上都是乔俊烈一个人在说,其余人只是听。到了分配任务的环节,以王康为首的几个侦查员开始对乔俊烈的推理提出质疑,他们认为即便是多人行凶,调查的重点也应该在高俊龙身上。光凭曹月娥扇自己耳光这件事,推论出她想取高俊龙性命,太过武断。其中韦朝辉还举例,说自己母亲买菜忘了找零,还会自己扇自己,所以这种举动根本说明不了什么。卢翔也认为,曹月娥一直知道高俊龙不是亲生的,仍选择将一生奉献给他,怎么会突然又起了杀意,逻辑上说不通。

总之,这场会议开得乔俊烈极其郁闷。他能感觉到其他人的敌意,但又不能说他们讲得没有道理。本来就是畅所欲言,讨论调查的方向。既然如此,那就只能兵分二路,王康等人负责调查高俊龙这条线,而他和万定邦继续跟进曹月娥这条线。这意味着,乐福园养老院那么多人,都得靠他们俩搞定。

下班后,乔俊烈直接打了辆出租车,去兴安街的鸿福楼赴约。

鸿福楼是一家做淮扬菜的中餐厅,环境和档次在川东市都算排得上号,乔俊烈不知周一鸣请在这里吃饭有何用意,但心底总觉得不是什么好事。

周一鸣比乔俊烈早到,坐在靠落地窗的位置,他很远就看见了乔俊烈,朝他招手示意。

"周局,真不好意思,路上有点堵。"乔俊烈还未落座就先行道歉。

"你别跟我客气。现在不是工作时间,我也不是你的上司,别太拘束。"周一鸣叫来服务员,告诉他们可以上菜了。

尽管周一鸣让他放轻松,但毕竟是市局副局长,怎么可能像和警队里的兄弟那样吃饭。乔俊烈坐在椅子上,屁股也不敢随意乱动,挺直的背脊都发麻了。

"小乔,我肝不好,今天就不陪你喝酒了。如果你要喝点儿,自己点。"

乔俊烈忙摇头道:"不,我喝水就行。"

"平时也不喝酒?"

"不喝。"

"烟抽吗?"

"也不抽。"

"好啊,很好。"周一鸣满意地点了点头,"这点不像你爸。"

热菜陆陆续续被端上了桌,周一鸣和乔俊烈有一搭没一搭地聊着,话题大多围绕他在川东市的生活和工作,既没谈高俊龙的案子,也没透露将他从重庆调来川东所为何事。乔俊烈也不傻,周一鸣三句话里,总有一句要提到他的父亲。看来周一鸣是想借用这顿饭的时间,来和乔俊烈谈谈他父亲的事。

他见周一鸣不好意思开口,和他父亲有关的话,也都是绕着弯说,于是便问道:"周局,您今天请我吃这顿饭,是不是和我爸有关?"

周一鸣听了这话,放下筷子,收起了笑脸。

"我知道你不想谈他,可他毕竟是你的父亲。"

"没错,生物学上讲,他和我是父子关系。可从情感上讲,我只有母亲,没有父亲。"

"话是这么说没错,但……"

"周局,我感谢您请我吃饭,但我真的不想提及他。"

"你没必要这么恨他吧?"

"没必要?"乔俊烈也放下了筷子,沉着脸对周一鸣道,"我母亲去世的时候,他在哪里?家里被隔壁邻居欺负的时候,他又在哪里?不论是学习还是生活,他从未关心过我们,这算哪门子父亲?是,我知道,他是警察,工作繁忙。但我也是警察,我也忙,这不是不回家的理由,哪有整年整年不回家的?哪有过年也不回家的?直到母亲去世了,他才肯露面,假惺惺地关心我。可惜已经晚了,我不会再把他当成我的父亲,我没有父亲。"

"我理解你的感受,但很多事不是你能理解的……"

"确实不理解,我不理解像他这样的男人,为什么我母亲临终之前都没有责怪过他,还让我认他。就因为他每个月往家里寄点生活费?我不稀罕!"

谈起往事,乔俊烈仿佛变了一个人,目光中满是怨恨。

"但是……"

"周局,我知道你和我父亲是战友,所以你对他,总是多一分宽容。但也请你理解我,换位思考,你是我的话,你会原谅这样的父亲吗？他不配拥有家庭，他就是个人渣……"

"放屁！"周一鸣一拍桌子，大声怒喝道。

乔俊烈一怔，他没想到周局因为这句话而大发雷霆。

周一鸣也意识到自己失态，调整了一下情绪，才道："你父亲根本不是你想象中那种人！他不回家，不是不想回，而是为了保护你和你母亲，不得已而为之。你可知道，和你们分开的时候，他无时无刻不牵挂你们？当时你还小，什么都不懂，你父亲性格又内向，不善言辞，自然也不会为自己辩解。"

"为了保护我们？"

"他做了好多年的卧底，完成任务之后，又怕被仇家寻上门，所以不敢和你们同住。直到你母亲去世那一年，仇家才被警方逮捕，但为时已晚……"

"这……这件事他从来没和我说过。"

周一鸣长叹一声，道："你不知道的事情还多着呢！"说着便打开了话匣。

乔卫国在十六岁就当了兵，部队中营级以下的职务，他几乎都做过。也就在那个时期，他和周一鸣成了莫逆之交。转眼十九年过去，周一鸣转业至川东市公安局，他则去了重庆渝中区公安分局，成为一名缉毒警。就在同一年，乔卫国与乔俊烈的母亲叶丹相识相恋，婚后六个月，叶丹就怀上了乔俊烈。

作为一名缉毒警，乔卫国的工作能力十分突出，不仅是全队询问、做笔录最快的，而且审讯碰到难啃的骨头，大家都会寻求他的帮助。然而，也正因为乔卫国出色的工作能力，引起了领导的注意，给他安排了一项卧底工作。这次卧底工作，是为了摸清某贩毒组织的人员构成，除此之外，还需要乔卫国化身为瘾君子，与该组织中的一名毒枭进行交易。

毒枭邓某是渝中区人，他常年在境外活动，作为贩毒集团的首脑，操控贩毒活动。多年来，渝中警方破获了多起由邓某组织的贩毒案件，但却无法抓住邓某，缉毒队多次与其周旋，均无功而返。乔卫国经过一年多的准备工作，终于打入贩毒组织内部，并取得了邓某的信任。

有一次，毒枭邓某约定乔卫国在城郊一处废弃仓库进行当面交易。可甫一见面，邓某就拿枪指着乔卫国的头，对他道："有人告诉我，你是警察。"生死一瞬，危在旦夕！乔卫国凭借多年的经验，知道对方是在诈他，便故意面露怒色，骂道："锤子个警察！老子是来发财的，有种就开枪打死老子！"邓某被他的气势镇住，于是相信了他。随后，交易在预料中正常进行，乔卫国收集到了关键的情报，该贩毒组织也在几个月后被捣毁。

可是，令乔卫国没想到的是，邓某的几个亲信在缉拿行动中漏网，他们认得乔卫国，并扬言要杀了他全家。因此，为了保护家中妻儿，在这几个罪犯尚未归案之前，乔卫国不敢与家里有太多的联系。这一切，叶丹都知道，但她并没有告诉年幼的儿子，而是选择自己默默承受。虽然乔卫国不能像别人那样，一直陪伴着妻儿左右，但她知道自己的丈夫是缉毒英雄，破获一个贩毒集团，就是拯救了千千万万的家庭。她为丈夫感到自豪。

"卫国话不多，永远都是忙忙碌碌，说干就干，雷厉风行。我虽不在重庆任职，却也听重庆警界的朋友提起过。只是我没想到，他的这些事，竟然都没告诉过你。也许他认为这种事没有说的必要。"

桌上的菜都凉了，但他们两人谁都没有再动过筷。

乔俊烈的内心更是五味杂陈。

刚才周一鸣对他说的一切，都是他头一回听说。母亲病来得很急，没多久就走了，自然没时间向他交代父亲的事。可父亲本人为何不解释清楚呢？

也是，依照父亲这种性格，宁愿自己被冤枉，也不会辩驳一句，更何况是自己的儿子。

如果儿子都不信任自己，那世界上还有谁会信他？

"对不起，我要出去一下。"乔俊烈站起身，就往门口走去。可他没走几步，又转过身，朝周一鸣鞠了个躬。"谢谢周局，谢谢你。"

周围的人都看着他们，不知道为什么请吃一顿饭，需要这样重的回礼。

第六章

1

老刘本以为钱志国找他会有什么好事，结果却大失所望。

眼下钱志国和他另外两个朋友——徐述圣和戴兴华，围坐在老刘身边，问出的问题更是让他摸不着头脑。

"在乐福园养老院里，有谁讨厌李康胜？"

"开什么玩笑？乐福园养老院的院长李康胜是个大善人，尤其在敬老文化传播上，更是有着突出的贡献，为此电视台还不止一次采访过他。这样的慈善家，怎么可能有人讨厌，大家爱戴还来不及呢！"

可钱志国就是不依不饶，让老刘再好好想想，"李康胜有没有仇家？"

"就是有仇家，我也不知道啊！"老刘双手一摊，以表示自己无能为力，"我见李院长的次数，和你差不多，你老钱不知道，我怎么可能知道？"

"我问的当然不是社会上的关系，就在这养老院，有没有人讨厌李康胜？"钱志国问。

"那我也不知道啊。"

"少来这套！老刘，这养老院上上下下，就没你不知道的事。"

"胡说！我哪有那么八卦！"老刘朝着钱志国啐了一口，忽然顿住，像是想起了什么，又道，"住在乐福园的老人，对李院长自然是感恩戴德，不过这个养老院的工作人员，倒是有几个和他不是很和睦。"

"喔？都是什么人？"钱志国一听来了精神。

老刘四下张望了一番，压低声音道："据我所知，有三个养老院的工作人员，都在近期和李康胜发生过争执。"

"乐福园的工作人员？"

"是啊，就是李康胜的员工。"老刘点点头，继续说道，"不过，虽然大部分老板和员工发生不愉快，都是老板的错，但这次我站在李院长这边。这三个小子也不是什么好东西，李院长批评他们，批评得对！"

"哪些人啊？他们犯了什么错误？"徐述圣问道。

"其实也不是什么大事。比如保安部的吕建斌，这人心眼不坏，就是工作能力太差。帮老人推轮椅，竟然没看楼梯，直接推了个人仰马翻，轮椅都摔坏了。你说这七八十岁的老头，哪里经得住这个？一跤摔得，差点儿去见马克思！"

"然后呢？"徐述圣催促道，"他受了什么处罚？"

"扣工资呗！要我说，李院长还是太宽厚了，应该立刻开除！"

老刘说这句话时中气十足，仿佛已经大权在握，一句话就可以让养老院的员工滚蛋。

"你说有三个，那其他两个人呢？"

"另一个更可恶，叫杜辉，是个护工。他竟然偷老人的钱，要不是被当场擒获，他估计还死不承认呢！"

"李康胜怎么处理他呢？"钱志国问。

"本来是打算开除的，但杜辉这小子当着李院长的面跪下了，还说是因为家里母亲重病，实在走投无路才出此下策。这话一听就知道是假的，但李院长却信了他。你说气不气人？"

"你怎么知道杜辉在撒谎呢？"

"我之前和他聊过天，他自己说的，十几岁的时候父母都死了，是爷爷奶奶领大的。"

老刘边叹气边摇头，像是在生李康胜的气，怪他心太软。

"李康胜把企业做这么大，应该不是好骗的人吧？"戴兴华看了一眼徐述圣，对钱志国道，"这种鬼话他都信？"

钱志国没理会戴兴华，继续问老刘道："还有谁呢？"

"赵师傅咯！"

"赵师傅是……"钱志国一拍脑袋，"是食堂的赵立坤？"

"没错！"

"赵师傅在食堂做了好多年了吧？他哪里得罪李康胜了？"

"不是得罪不得罪的问题，你知道，李院长除了公事，一般不会发脾气，和赵师傅有矛盾，也是工作上的问题。上周午饭喝的海鲜汤，你还记得吧？我痛风不能吃这个，结果有几个吃了这道菜的人，都出现了腹泻的症状。后来李院长一查才发现，赵师傅用了不新鲜的原料，吃坏了大家的肚子。赵师傅说食材丢了浪费，感觉还可以用，李院长听了，大发雷霆，当着十几个人的面，指着赵师傅的鼻子骂了足足半个小时！"

"竟然这么愤怒？"

"可不是！所以我说李院长是个大善人啊，他办养老院，真不是为了赚我们老年人的钱，而是真心实意为我们好！"

钱志国不说话，转头去看徐述圣。后者回望他，也是一脸迷茫。

"对了，你们打听这个干吗？"老刘回过神来。

"时间不早了，你先回房休息吧。我还有话和这两位朋友说。"

钱志国站起身，看样子是要送客。

"我说老钱，做人可不能这样，需要我的时候骗我来，话刚说完就轰我走？"

"真有事！这样吧，等我这边忙完了，找你去喝酒，好吧？"

"喝酒？那必须你请客！"

"没问题，小菜一碟！"

钱志国脸上挂着微笑，连哄带骗地把老刘送出了门。

老刘走后，他们三人又沉默了一阵。

徐述圣最先开口。他问大家："你们觉得老刘说的话，可信度有多少？"

"他没必要骗我们。"钱志国答道。他和老刘相处时间最久，对于他的为人，多少还是有点了解。老刘虽然爱八卦，乐福园上上下下包打听，但听来的话，也会如实说，绝不会添油加醋、扭曲事实。

戴兴华冷笑道："照这么看，李康胜还真是个大好人呢！这样的人，我们怎么下得去手？会折寿的！杀不得，杀不得啊！"

徐述圣突然道："李康胜是好人还是坏人，我们说的不算，老刘说了也不算。"

这句话，话中有话，钱志国和戴兴华同时望向他。

——那么，谁说了算呢？

问题放在心里，他们俩谁都没问出口。

徐述圣像是能看透他俩心思一般，说道："只有当事人说了才算数。我建议我们三个分头去找吕建斌、杜辉和赵立坤，问清楚事情的来龙去脉，同时也留意他们有没有反常的举动。如果威胁我们的人是他们中的某一个，我相信总会露出一些马脚的。"

钱志国有些为难，他说："我们就这样去问，会不会太明显了?况且你们两个也不是乐福园的人。"

"那也比坐以待毙强啊!"戴兴华双手一撑,从沙发上立起身,"那家伙只给我们一周的时间,我们已经浪费好多时间了,他妈的,如果找不到那家伙,放在我们面前的就只有两条路——要么去警局自首,承认我们杀死了曹阿姨的儿子,然后接受法律的制裁!要么就听话,去把李康胜也杀了。"

钱志国不想再杀人,更不想去坐牢。他性格本来就很懦弱,遇到事情,第一反应就是躲起来,逃避问题。但这次不同,留给他们的时间已经不多了,火烧眉毛的事,想躲也躲不了。对他来讲,现在不论做什么决定,都是如履薄冰,一步走错,就会满盘皆输。

——不如去搏一下,或许可以从威胁他们的人手中夺回那些照片。

钱志国最后还是答应了他们。

2

戴兴华把烟递给杜辉,但杜辉没接,摆了摆手说:"我不抽烟。"

"哟,还挺注意健康。"戴兴华把烟塞回自己嘴里,取出打火机点上。

与此同时,他也上下打量着眼前这位养老院的护工。

杜辉年近四旬,身材高瘦,头发蓬乱,一张长脸上生着一双细长的眼睛。不知道是不是因为这双眼睛的关系,戴兴华看他的时候总会想起狐狸。

此刻,两个人正站在楼梯间里,戴兴华抽着烟,而杜辉则站在他的身旁,他不知道这个奇怪的老头找他问什么事,但内心深处的第六感告诉他,别轻易惹恼这个老头。

"听说你和李康胜有些不愉快?"

戴兴华透过朦胧的烟雾看着杜辉,后者显然被他盯得有些不自在,一直转动脖子,试图避开戴兴华那咄咄逼人的视线。

"没有啊。"

"没有吗?我可是听人说了,你小子别骗我!"

"真的。"杜辉低着头,一双细眼不知在看哪儿。

"就算有矛盾也没什么,像李康胜这种假正经,我可见得多了。"

戴兴华试图套他的话,可杜辉没他想象中那么简单。

"李院长对我们都很好,所以我们养老院上上下下,都很敬爱他。"

杜辉这句话说得十分认真,此时戴兴华内心倒有点佩服他,同时也知道,这家伙的城府极深,普通的话术恐怕难以让他吐出真言。

"你偷东西,他抓你,你也不生气?你还是不是男人了?"戴兴华拿语言激他。

"这……是我不对,我有什么好生气的?况且李院长并没有把我赶走,还让我留在这里做事,我真的很感谢他。"

"装,继续装。"戴兴华没了耐性。

"对不起,我不知道你在说什么,我也不认识你。好了,我还有很多事情要忙,如果你没什么事的话,我就要……"

杜辉话音未落,就被戴兴华右手一把揪住衣领,死死按在墙上。

"妈的,你敢和老子耍花招?"戴兴华目露凶光,年轻时好狠斗勇的模样完全显现出来,"我给你最后一次机会,是不是你?"

"什么是不是我?"杜辉细眼中闪过一丝慌乱。

"照片是你拍的,对不对?"

戴兴华吐掉嘴里的香烟,伸出左手,用手掌轻轻拍打着杜辉的脸颊。

人在焦急的情绪下,难免会暴露本性,像戴兴华这种年轻时见惯了社会黑暗面的人,遇到困难时,第一个想到的办法就是使用暴力。

"我……我不知道什么照片,你是不是认错人了?"杜辉彻底慌了。

"你也知道我们干过什么,如果不想死的话,就把照片还给我们。他妈的,你不爽李康胜,自己去干他,为何要牵连我们?"

"你再不放手,我……我就报警了……"

"妈的,还报警?"

戴兴华见他不招,怒上心头,提起拳头就要打下去。就在这时,他被人从背后拦腰抱住,转过头一看,竟是徐述圣。

"老戴,你在干什么!"徐述圣将他拖到一旁,转身对杜辉道,"不好意思,我朋友喝多了,胡言乱语,你别往心里去。"

杜辉惊魂未定,瞪着眼睛看着这两个奇怪的老头。

"你跟我走!"见戴兴华来了劲,嘴里还咒骂着,徐述圣忙扯着他的衣服,将他拉出楼梯间,临走前还在对杜辉不停道歉。

出了楼梯间,戴兴华甩开徐述圣的手,不服地说道:"你干吗不让我修理那小子?"

"你疯了?人家报警怎么办?"

"妈的,我怕警察?"

"理智一点好不好?"徐述圣气得说话都哆嗦,"让你打听点事,不是让你去打人。"

"不给这小子点颜色尝尝,他不肯说实话。十句话里九句话是虚的。"

"再说,你现在什么年纪,就算打,也未必打得过人家年轻人。"

"看不起我?他这种身板,我揍四个都行!"

戴兴华从口袋里取出烟盒,被徐述圣一把夺了过去。

"别老抽烟,小心抽成肺癌!"徐述圣叹了口气,继而道,"你先回老钱的房间,接下来我去找那个保安谈。"

"你把烟给我。"戴兴华说话的声音轻了许多。

"不给,你有本事就揍我。"徐述圣朝他翻了个白眼,然后大步朝前走去。

他没想到戴兴华连这点事都办不好,明明只让他去套个话,观察一下嫌疑人,谁知道差点儿和别人打起来。但凡有点脑子,就不会做出这种事。徐述圣心想,他和戴兴华,归根结底就不是一路人,却被命运之绳捆绑在了一起。

临近中午,保安室里空无一人,吕建斌可能去食堂打饭了。

徐述圣又走到食堂,见他正坐在角落里一个人吃着饭,于是便走了过去。

吕建斌三十左右,皮肤黝黑,体格看上去很健壮,但眉宇间却没什么攻击性。他吃的菜很简单,一份韭菜炒豆芽,一份清炖豆腐,还有一碗白米饭,连肉也没有。像他这种三十出头的壮年,只吃这些菜,可见他平日里是很节省的。徐述圣拉开一张椅子,坐在他的对面。但吕建斌并没有在意,兀自拿着手机,一边刷着短视频，一边还用筷子将米饭扒拉进嘴里，时而会因为刷到一段搞笑的视频，而发出一阵短促的笑声。

"您是吕建斌先生吧？"徐述圣小心翼翼地问道。

吕建斌将视线从手机屏幕上移开，投向徐述圣。他并不认识这个陌生的老人，但感觉到有点眼熟，思索片刻后，他才隐隐约约猜到徐述圣的身份。

"你是钱医生的朋友吧？"

听他的口气，似乎也不十分确定。

"是，您的记忆力真不错。钱志国是我的朋友，我经常来这里探望他。"徐述圣微笑着点头，心里盘算着如何问出那些比较敏感的问题。

"你找我有事？"吕建斌看着他问。

"您先吃饭，吃完我们再谈也行。"徐述圣道。

"没事，边吃边聊也行。"吕建斌说着，拿筷子夹起几根韭菜，塞进嘴里大嚼。

"其实也没什么特别重要的事，就是想找您了解一下这家养老院的院长李康胜先生。实不相瞒，我呢，在退休之前，从事媒体工作，是川东日报的主编，负责社会新闻这块。虽然离开了岗位很久了，但还是和编辑部保持着联系。最近报纸这边想要采访李康胜先生，做个专题，我一听，这不是我经常来的养老院嘛！于是便自告奋勇的接下了这份临时工作。你看我们这种人，退都退了，还是不愿意闲着，没事还找点事干。"

这番话是徐述圣临时编的，他不知道有没有破绽，所以说的时候也有点心虚。但见到吕建斌崇拜的表情，霎时间心定了不少。

"啊，原来您是川东日报的编辑老师啊！刚才失敬了！失敬了!"吕建斌忙放下筷子,朝徐述圣作了个揖。

"哎,都退休了。而且像我们这种做新闻的,也没啥了不起,无非就是把一些事件报道给广大群众嘛!比如像李康胜先生这样的好人好事,我们就必须报道!"

听见徐述圣不停夸赞李康胜,吕建斌的表情忽然有一丝尴尬,但只是一掠而过,若不注意看的话,根本不会发觉。

但这个细微的表情变化,被徐述圣捕捉到了。

"所以呢,我们想采访一下这家养老院的工作人员,看看他们对李康胜先生的评价是怎么样的,所以就找上您了。您继续吃饭,别停下啊,不然显得我打扰了,多不好意思,吃完我们再聊也行。"

吕建斌"嗯"了一声,低头扒了几口饭,但眼神却直勾勾的,显然有心事。

吃完后,吕建斌用衣服袖子抹了抹嘴,抬头道:"老师,我……"

徐述圣补充道:"我姓徐。"

"徐老师,我其实对李院长不是很了解,所以如果你要问我的话,我恐怕也说不清楚,要不你去问问别人?"

他明显不想谈论李康胜,徐述圣能感觉到。

"那就简单说一说,你眼中的李康胜先生,是个什么样的人。"

"我眼中……"吕建斌挠了挠头,显得十分为难。

这人不太会吹牛,这是徐述圣对他的第二个印象。

"李康胜先生对你怎么样?"看来徐述圣唯有主动出击,才能问出点东西了。

"对我?"

"是的，不谈别人，就谈他对你如何？"

"就……就还行吧……"吕建斌回答得很勉强。

"还行？"徐述圣微微一笑，"就是不太好？"

"也不是不好，就是……哎，怎么说呢……"

这几分钟的观察，让徐述圣意识到眼前这个吕建斌是个老实人，而且对于他不认同的东西，他无法给出赞美。

"好或者不好，这个问题很简单吧？吕先生，为什么你这样为难呢？"

"你不懂，在这里干活，话可不能乱说！哎哟……"吕建斌可能意识到自己说错了话，忙捂住嘴。接下来，他拿起饭盆，对徐述圣说："徐老师，你还是去采访别人吧，我对李院长没意见，就是这样。"说完便匆匆忙忙地走了。

吕建斌的怪异举动，引起了徐述圣的怀疑，但对方既然表现出了抗拒，就不能太过急切地去打草惊蛇，不如先放一放，等有机会再继续试探。

徐述圣不像戴兴华这样冲动，他做任何事都是有计划的。

正当徐述圣准备离开食堂的时候，他听见后厨传来一阵叫骂声。骂声之后，另一个熟悉的声音响起，正是钱志国。

他走近后厨门口，听见里面的人道："当然没有啦，这还用问？如果有人胆敢在人背后说李院长的坏话，我和他没完！"

3

钱志国没想到这个厨师的脾气比老戴还要火爆。套话之前，他想尽量安抚一下，于是笑笑，温言说道："赵师傅，没人讲李院长的坏话，你别激动。"

赵立坤四十来岁，长得肥头大耳，肚子很大，人也很高壮，也许是长年在灶台工作的关系，他脸上像是抹了一层厚油。他说话声音很响，唾沫横飞，看上去就是一副不好惹的模样，钱志国站在他面前，气势上就落了下风。

"我怎么可以不激动？对了，你刚才问什么来着？"

料理台上堆满了各种处理到一半的食材，但赵立坤此时的关注点并不在这上面。他双手叉着腰，看着这个闯入后厨的老医生，眼神里充满了警惕。

"我就是随便问问，养老院里有没有讨厌李院长的人，你看，话才说到一半，你就发起脾气来，这还怎么聊？"钱志国苦笑道。

"钱医生，不是我脾气差，你说李院长这么善良的人，怎么会有人讨厌？如果有人讨厌李院长，那他自己一定不是个好东西！"

徐述圣站在门外偷偷听着，心想这厨子看上去倒是个直爽的人，不过这也可能是他故意展露给别人看的表象，就像现在流行的"立人设"，毕竟人心隔肚皮，一个人心里究竟在想什么，枕边人也未必清楚。

"你呢？"钱志国冒险地抛出这个问题，"你对李院长是什么态度？"

"什么态度？他是我的恩人！就是这个态度！"赵立坤回答得十分干脆，态度也够坚决，"我活这把岁数，可以很负责任地讲，我从没见过这样完美的人。尽管他是个商人，但每一分钱都挣得干干净净、清清白白，待人接物，也都是彬彬有礼，从来没有看不起我们这些为他打工的人。钱医生，你来我们这儿不久，所以你可能不了解李院长，和他多接触接触，你就不会再问我这种愚蠢的问题了。"

赵立坤说话时自始至终都摆出一副认真的表情,这使钱志国对他说的话深信不疑。情绪和表情如果一致,很容易让人感觉真诚。

但徐述圣不吃这套。

几十年的生活经验告诉他,人和人相处,不论哪种关系,双方都不可能百分之百的满意,夫妻如此,朋友如此,更别说是上下级的关系。

"就算他因为食材的问题当众骂你,你心里也没有一丝丝记恨他?"

"钱医生,这件事又是老刘讲给你听的吧?没错,我这人确实要面子,而且他骂我的时候,我也觉得挺委屈的,我不就想给养老院节约点成本么,况且那些东西放冰柜里也没多久,扔掉怪可惜的。但回头想想,住咱们这里的都是老年人,免疫力本来就差,食材稍微有点问题,可能就会出大事。李院长骂我,也算是给我敲敲警钟。"

赵立坤这番话说得合情合理,没有任何问题,钱志国一时也不知道接下去该说什么。

"对了,钱医生,你打听这事干吗呢?"赵立坤脸上现出疑惑的表情,"奇了怪了,难道你对李院长有看法?"

"我能有什么看法,我和他都不熟。"钱志国脸上在笑,心里慌得要命。

"不对啊,你是不是有事瞒着我?"

"哪有!你想多了,就是来和你随便聊聊。"

这话赵立坤更不信了。钱志国来到养老院后,基本上都是躲在自己的房间里,大门不出二门不迈,怎么忽然来厨房和他吹壳子？

正当他要细问时，门外走进一个人，来者正是躲在门外偷听他们说话的徐述圣。

"老钱，我说哪里都找不到你，原来在这儿啊！"徐述圣皱起眉头，故意用一种责备的语调说道，"我都在房间里等你很久啦，不是说好下午要杀几盘的嘛。怎么，你怕了？"

"我会怕你？开什么玩笑！"钱志国也不傻，马上接话。

"你就是死鸭子嘴硬，走走走，跟我上去，看我今天不把你杀个片甲不留！"徐述圣说着说着，就上手扯住钱志国的袖子，把他往外拉。

钱志国一边说你别扯我袖子，一边回过头向赵立坤打招呼，说下次再来找他聊天。两个人唱着双簧，一人一句，骂骂咧咧地出了后厨。

赵立坤立在原地，一言不发地看着他们，眼神里还是透着一股怀疑。

回到房间，戴兴华正在屋里打转，说是烟瘾犯了，求徐述圣把烟盒还给他。徐述圣当然不会理他，而是让他们两个坐下，好好讨论讨论目前的情况。

"聊了等于白聊，我看他们三个，个个都可疑！"没烟抽的戴兴华一屁股坐在沙发上，用双手揉着脸，感觉整个人相当疲惫。

"是啊，三个人都没讲真话。"钱志国也附和道。

"当然不会讲真话，他们也怕我们是李康胜派去套话的。我们这次也就是试探一下。不过难度比我想象中大很多，所以啊，我们这次的行动是失败的。哎，算了，拿照片威胁我们的，也未必是他们三个中的某人。"

徐述圣这番话说得极为泄气，其余两人听了，也默不作声。

"要不去自首算了。"钱志国突然说了一句。

戴兴华一听,急了,怒道:"我们这是杀人,要判死刑的!"

"总比现在这样强吧?这次他让我们杀李康胜,下次让我们杀王康胜,啥时候是个头啊?这不玩死我们了吗!"

钱志国连说话都有气无力,看来是真想放弃了。

"我可不想死!"戴兴华喊了一声。

"你们俩别吵了,再这样闹下去,隔壁都能听见,是不是要警察立刻来把你们都抓走才安心?"在房间里来回踱步的徐述圣忽然立住,转身对另外两人道,"开弓没有回头箭,既然走到了这一步,那只有一条道走到黑。现在放在我们面前的,只有两条路,第一条路是去自首,争取个无期徒刑。我癌症晚期,也活不了几天,你们俩就在监狱里过完剩下那几年吧!第二条路,就是搏一下,听那人的话,去把李康胜杀了。横竖都是死,你们选吧!"

钱志国双手抱着头,轻声干号起来。他紧绷的神经已经到了极限,离彻底崩溃,恐怕只有一步之遥。

"妈的,杀一个也是杀,杀两个也是杀,要不就搏一下!"戴兴华做出了决定。

"杀杀杀,你是变态啊!"钱志国哭丧着脸,"那是条人命!懂吗?"

"老钱,你现在反过来教训我?当时我们去杀曹月娥儿子的时候,你可没阻止吧?"

"能一样吗?那时候我都不想活了!"

"现在又舍不得死了,是不是?"

"不跟你说了,莽夫!"钱志国转过头,问徐述圣,"老徐,你比较冷静,你说说,我们接下去该怎么办?"

"无非就是两条路,一条是判刑坐牢,一条是冒险杀人。"徐述圣道。

"冒险杀人之后呢?"钱志国又问。

"还是判刑坐牢,不过判的刑可能更重一点。"徐述圣回答道。

戴兴华立刻道:"反正也没比死刑更重的刑罚了,杀一个人是死刑,杀两个人也是死刑,区别不大。老钱,这还有什么可犹豫的?"

"但李康胜和曹月娥儿子不一样,他是个好人!我们怎么可以杀好人?"

钱志国还是摇头,他过不了自己那关。

"如果他不像表面上看起来那么好呢?"

徐述圣突然冒出的这句话,让戴兴华和钱志国都感到很意外。

钱志国忙问:"老徐,你这话什么意思?"

徐述圣笑笑,说:"我只是做一个假设。这个世界上没有完美的人,很多公众人物在舞台上看着光鲜亮丽,但一下了舞台,私德却一塌糊涂。我不否认这个世界上存在善良的人,但绝对不会存在完美的人,归根结底,人类只不过是会思考的动物,脑袋里装着七情六欲,也会被贪嗔痴慢疑所扰。你没发现他的弱点,只能说明这人隐藏得好。"

"老钱,你看,这不是我说的,可是老徐说的啊。世界上不存在这么完美的人,这个李康胜说不定也做过亏心事!"戴兴华在一旁煽风点火。

钱志国把脸埋进手掌,长叹一声,然后道:"都听你们的吧。"

得到了满意的答复,戴兴华再次把目光投向徐述圣,问道:"老徐,留给我们的时间不多了,接下去我们该怎么做?"

急性子就是这样，出现了问题，就想立刻解决。

徐述圣低着头，沉思了好几分钟，没人知道此刻的他在想什么。每当这个时候，戴兴华和钱志国也都会保持沉默，安静地等待着。

当徐述圣再次抬起头的时候，他的表情发生了变化，不再是愁眉锁眼、举棋不定，而是一副坚毅的面孔，上面写满了决心。

4

乐福园养老院四楼是办公区域，可以乘坐电梯直达。白天的时候，这里还算热闹，数十名员工在走道里来回穿梭，处理着各式各样的工作。不过，现在这个时间段，通常不会有人到这一层来办公，除了李康胜之外。

如无意外，每天夜里九点整，李康胜总会在秘书冯玥的陪同下，回到乐福园养老院，开始处理一些经营上的决策。到十点左右，冯玥就会自行回家，留李康胜一人在办公室。直到凌晨三点，李康胜才会拖着疲惫的身躯，离开养老院，回去休息。这倒不是因为李康胜有多忙，而是和他的生活作息有着极大的关系。

一直以来，李康胜都是夜猫子，越到夜里，他的精神状态就越好，白天反而总是无精打采。他把这种情况解释为每个人的体质不同，当然，李康胜的医生一定不赞同这种说法。近五年来，他几乎每天在凌晨六点入睡，第二天下午一点起床，如果没有突发情况，这就是他的生活作息，而秘书冯玥就按照这个时间点来安排李康胜一天的工作。

尽管作息日夜颠倒，但李康胜每日的行程几乎是雷打不动，不管白天工作忙成什么样，只要没出差，夜里九点，他必会回到乐福园养老院的四楼办公室，年年如此，所以乐福园的工作人员都已经习以为常了，包括养老院的住户们。

钱志国最早听到老刘说这事时，还以为他在吹牛，哪有人天天凌晨睡觉的？我们中国人向来讲究日出而作，日落而息。昼伏夜出，这不是昆虫吗？

"不信拉倒！骗你对我有什么好处？"

每次钱志国质疑老刘，他总会说出这句话，同时扬起眉毛，露出一副无辜的表情。

夜里十点，秘书一走，李康胜就会一个人留在四楼的办公室。

当时闲聊的一句话，如今却成了他们三人行动的重要情报。

为了躲避监控摄像头，徐述圣、钱志国和戴兴华决定不坐电梯，从外墙翻入养老院内，然后从安全楼梯上四楼。

戴兴华走在最前面。他背着黑色双肩包，包内用毛巾包裹着一柄磨得十分锋利的水果刀。他们吸取上次教训，不再使用绳子杀人，因为绞杀时被害人会奋力挣扎，稍不留神就会挣脱，而用水果刀，只要往被害人身上刺几下，后者就会在瞬间失去反抗的能力。

徐述圣紧随其后，趁着夜色悄悄翻入养老院的后窗——那边没有摄像头，所以很安全。

为了不被监控，当天下午他们三人就从正门大摇大摆地走了出去，他们这么做，就是故意让摄像头拍摄到他们离开养老院的画面。等到夜里十点半之后，三人再从外墙翻入，沿着安全楼梯去办公室，实施最后的犯罪。

计划很完美，但有一件事他们却失算了——体力。

只是翻墙就用尽了这三个平均年龄快要六十五岁的男人的体力，接下来还得爬上四楼，去杀死一个正处在壮年的男性。钱志国喘着气，对这件事越来越不抱希望。

"怎么了，都没劲了？你们不行啊！"戴兴华嘴上这么说，却也靠在墙壁上，额头上都是渗出来的汗珠子。

"我年轻的时候，别说翻一堵墙，连翻十堵都不带喘气的！"钱志国一屁股坐在地上，用手掌不停给自己扇风。

"就你？我可不信！"戴兴华冷笑道。

不等钱志国反击，徐述圣就道："都别说话了，你们是不是想把别人引来？老钱，你快站起来吧，我们早点儿把事情解决了，早点儿安心。"说完，他看了一眼手表，十点四十分。

钱志国听了，不情不愿地起身，感觉腰部一阵酸痛，年纪到了，腰椎总是咔咔响，他生怕哪天用力过猛，导致下肢瘫痪。他想过，如果真的瘫了，就弄点药自我了断，这种任人摆布的人生实在太恐怖了，他宁愿死。

楼梯间很安静，他们三个的脚步也很轻，几乎没发出什么响动。

快到四楼时，大家的体力已经消耗得很严重，钱志国的喘气声越来越大。

"老钱，还顶得住吗？"徐述圣问道。

"没事，死不了。"

"如果身体撑不住，一定要告诉我。"徐述圣说完，继续朝上走，他发现戴兴华已经出了楼梯间，到了四楼的走廊里。他急忙加快脚步。

走廊里十分安静，白色的灯光把整个空间照得敞亮，强烈的光线下，空无一人的走廊散发出一种诡异的感觉。看着这样的场景，戴兴华产生一种错觉，仿佛大家都在捉迷藏，躲在办公室某个角落，等时机一到，就会蹿出来吓他一跳。

来到这里，他们已经不敢用语言交谈了，沟通的方法是打手势。

四楼的走廊里原本也是有监控的，就在上周发生了一次设备故障，保修的工作人员因故一直没来，所以摄像头目前处于损坏的状态，无法正常工作。也正是因为听到了这样的消息，徐述圣才决定今晚立刻动手，这种天赐的良机可不多见。

三人来到李康胜办公室门口，同时止住了脚步。

徐述圣朝戴兴华使了个眼色，戴兴华立刻会意，先戴上塑胶手套，又从背包中取出水果刀，正握在手上，然后闪躲在队伍最后。与此同时，钱志国上前一步，来到最前面，他抬起手，轻轻敲了敲办公室的大门，然后静待李康胜的回应。徐述圣站立在他们两人身旁，紧张得绷紧全身肌肉，他的胃又开始痛了，像是一把螺丝刀疯狂地钻着胃壁。

敲门声已过去了三十秒，依旧无人答应。

难道李康胜睡着了？

徐述圣看了钱志国一眼，后者眼中也流露出一丝不解。

当钱志国再次抬起手，准备敲门时，办公室的大门忽然动了一下！

门没锁？！

就在徐述圣和钱志国被这一突发情况弄得不知所措时，他们身后的戴兴华却抢先一步，一脚踹开了办公室大门，冲了进去！

他之所以这么做，是怕李康胜逃走。

可戴兴华一踏入办公室，他就知道自己错了——李康胜根本没走，而是好端端地坐在办公桌前的转椅上。只不过李康胜并不是与他们面对面，而是背对着这三位来访者。在他身后，还有一张大书桌，桌面上杂乱地放着一些文件。

"李院长，你……你好……"

本打算进行突击的戴兴华一时乱了阵脚。他没想到李康胜竟如此笃定地坐着等他们，而且一点儿也没有慌乱的样子。钱志国躲在戴兴华身后，用余光瞥着办公室的每个角落，他生怕李康胜或者警察在此地布下埋伏，将他们一网打尽。

只有徐述圣意识到有点不对劲。

僵持了十几秒后，徐述圣对戴兴华道："上去看看。"

戴兴华攥紧了手里的水果刀，一步步缓缓挪上前去。他绕开大书桌，左手从侧面去拨李康胜的肩膀，右手的刀则挡在胸前，以防李康胜给他来个突然袭击。

然而这一切都没有发生。

由于戴兴华的动作，李康胜屁股下的转椅忽然转动起来，原本背朝三人的李康胜，缓缓转过身来，露出了正面的尊荣。

只见他瞪大双目，咧着一张大嘴，鲜血从他下唇绵延至白色衬衫的衣领处，衣襟染上了一大片发黑的红色，在胸口正当中，同样插着一把水果刀。

李康胜已经死了。

戴兴华被眼前的景象吓呆了，一屁股坐在了地上，刀也掉在了一旁。钱志国和徐述圣虽然没有被吓到摔跤，但也像被魔法定住了一样，双目盯着李康胜的尸体，半天不发一言。

"快……我们快走！"最先做出反应的是徐述圣，他上前一把拉起坐在地上的戴兴华，回头对钱志国道，"有人要陷害我们！快走！"

钱志国看了看徐述圣，又看了看死去的李康胜，这才回过神来，朝门外拔腿就跑！徐述圣先去捡起掉落的水果刀，然后搀着双腿发软的戴兴华，连滚带爬地出了办公室，跟着钱志国从安全楼梯原路返回。也许是受到了过度的惊吓，激发了体内的肾上腺素，三人逃跑时一点儿也感觉不到累，仿佛年轻时的体能又回来了。

三人跑了大约五六分钟，才在一条小巷子里停下脚步。他们实在是跑不动了——毕竟是六十来岁的人。一个个坐倒在地上，没命地喘息着。

"老子多少年没这样逃命了，刚才差点儿死在半路上……"戴兴华脸上都是汗水，他随手一抹，然后把汗珠甩在了地上，"老徐，把烟给我抽一下。"

徐述圣已经没力气说话了，他从上衣口袋里掏出一包皱巴巴的烟盒，丢给戴兴华。

戴兴华接过烟盒，从中取出一支，塞在嘴里，顺手去摸口袋里的打火机，可他摸了半天也没摸到。

"糟糕！"他突然大叫一声。

钱志国忙问道："怎么啦？你别吓我！我现在可禁不起你吓唬！"

戴兴华狠狠地打了自己一个耳光，咒骂道："该死，老子把打火机落在李康胜办公室了！"

第七章

1

办公室东面的一整面墙都被做成了书架，书籍种类多样，但最多的还是经管类的，只有少量的文学作品。西侧有一扇大窗户敞开着，窗前是一组黑色的真皮沙发，由三人座和单人座组成，沙发前还放置着一个玻璃茶几。南面正中央是一扇房门。实木书桌和办公转椅紧紧靠在北面墙，墙上挂着一幅抽象派的画作，不论从什么角度去看，都像是一个儿童用油彩信笔挥就的，看不出任何和艺术有关的意境。

目测这间办公室的面积得有十几平方米，和它主人的身份比起来，并不算大。

此时，办公室的主人早已变成了一具冰冷僵硬的尸体，他以一种极不自然的姿势躺在转椅上，双目微睁，似乎在偷窥着这群陌生的闯入者。

其中也包括乔俊烈。他站在法医身后，仔细端详着李康胜的死相，这张脸对他来说并不陌生。尽管这是他们第一回见面，但李康胜这张脸，曾无数次出现在电视、短视频和报纸杂志上。现在，这位社会上知名的慈善家，不会再醒过来了。

法医对尸体做了粗略的检查，大致可以判定为因锐器导致的心脏损伤，死亡时间在昨天夜里的十点至十一点，凶器正是扎在死者胸口的水果刀。

万定邦用力挠着头，满面愁容，脑子里乱成一团。这李康胜可不是普通人，在川东市也算是个名人，这件事社会影响极为恶劣，上头给的破案压力必定很大，眼下高俊龙的案子还没有眉目，结果又出了这么严重的命案，这所乐福园养老院的风水一定有问题！念及此处，万定邦的眉头拧得更紧了。

乔俊烈看了他一眼，问道："邦哥，你觉得这和高俊龙的案子有没有关系？"

"什么意思？你想说杀高俊龙的凶手，和杀李康胜的凶手，是同一个人？"

"有没有这种可能呢？"

"也不能说没有。但是高俊龙和李康胜完全是两种人，不论是生活还是工作，都没有交集，很难想象他们会得罪同一个人。"

"不，他们当然有交集，你再想想。"乔俊烈提醒道。

万定邦明白了他的意思。"你是说曹月娥？"

乔俊烈点了点头。

"按照你的推理，杀死高俊龙的人绝对不会只有一个，所以你认为曹月娥一定有帮凶。那这次的案件，究竟是她的帮凶干的，还是她自己干的呢？"

"那就得去查一查她的不在场证明了。"

"如果她有不在场证明，就说明这次的案件是帮凶所为，如果没有的话，就是她自己干的。"万定邦接着乔俊烈的话，继续说了下去。

"目前我们对曹月娥是有罪推定，但她只是有犯罪的动机，凶手究竟是不是她，还得打上一个问号。包括这次的案子，杀死李康胜和杀死高俊龙的是不是同一人，也是个未知数，所以接下来的调查，我们一定要慎之又慎，千万不能先入为主，陷入思维定式的陷阱。"

说实话，自从"曹月娥并非高俊龙亲生母亲"这条线索出现，乔俊烈总觉得调查被带向了另一个方向。至于那个方向是不是正确，他心里没有答案，只是隐隐觉得不太对劲。之前他又去找过曹月娥一次，无意间提及了她抽打自己的事情，但曹月娥却三缄其口，推说邻居看错了，她没有打过。这样的回答不是乔俊烈想要的，却也无可奈何。到底是为了加重伤势引得同情，从而借助他人之手除去高俊龙？还是悔恨自己苦命的一生，精神崩溃而为之？或许真正的原因曹月娥永远不会讲出来。

"咦？"

乔俊烈似乎在尸体上发现了什么。

"怎么了？"万定邦问。

"你看这里。"乔俊烈指了指死者敞开的白色衬衫，然后又指向扎入他胸口的那把水果刀。由于衬衫敞开，刀是直接扎在他里面的白汗衫上，刀口处是一大片黑乎乎的血迹。

"看到了啊，怎么了？"万定邦没看出问题。

"你不觉得很奇怪吗？"

"不觉得啊。"万定邦又看了一遍，实在不明白乔俊烈的意思。

"你看啊，这间披在外面的白衬衫太干净了，尤其是胸口这块儿，干净得不正常。内部确实沾染了不少血迹，但衬衫朝外的一面，却很干净，只有袖子上有几滴血。但像这种刺法，鲜血一定是喷涌而出的，白衬衫的外面怎么可能不沾到血滴呢？"

万定邦把脸凑近看，死者胸口部位的白衬衫外侧，几乎没沾到血迹，和乔俊烈说的一致。

于是他问道："这说明什么呢？"

"说明有人把李康胜的衬衫脱下来带走了。"乔俊烈道。

"那他身上这件是？"

"我怀疑他身上这件衬衫，很可能是凶手的衣服。"

"啊？"万定邦彻底山蒙了，"为什么凶手要把自己的衣服给李康胜换上？"

"或许怕暴露吧。如果杀死李康胜后，直接脱下他的衣服离开现场，那么在案发现场的李康胜就只单穿了一件汗衫。要知道，十一点的时候秘书冯玥刚走，她离开时李康胜还穿着白衬衫，第二天死亡时衣服却不见了，事出反常，一定会引起警方的注意——为什么凶手要带走李康胜的衬衫？这就是凶手害怕的原因。"

"凶手害怕我们知道他带走衬衫？"

"没错，所以凶手带走李康胜衬衫的原因，可能就是这次案件的突破口。"

"等等，你等等。"万定邦伸出手掌，"带走衬衫我可以理解，但你为什么那么确定，李康胜身上这件衬衫，是凶手自己脱下来的。"

"你看李康胜这件衬衫的袖子，中间皱褶十分明显，这说明什么？"

"说明他曾把袖子挽起来过？"万定邦道。

"没错，衬衫的袖子曾挽起来过，对吧？可是他的秘书却说，李康胜从来没有折袖子的习惯，那衬衫袖子上这些皱褶又如何解释？"

"是哦。"

万定邦被乔俊烈说服了。没错，死者身上这件衬衫，显然是刚从一个人身上脱下，再给死者换上的，不然袖子的中段就不会这样皱。

如此一来，这件衬衫也成了这次案件重要的物证之一。

"行啊！乔队，我现在终于明白为什么周局对你赞不绝口了，真不错！"

此时，万定邦毫不掩饰自己对乔俊烈的欣赏。加入刑侦队这么多年，他也算见过不少能干的刑警，但观察力像乔俊烈这般敏锐的，还是头一次见。

"好啦，邦哥，你就别拿我开玩笑了。我们先去看看监控吧。办公室门口有摄像头，应该能拍到走廊里的画面。"

还未等乔俊烈讲完，就听到另一个人说道："上周电路出了点问题，四楼的摄像头损坏了，所以这一段的监控恐怕看不了。"

乔俊烈转过头，才发现说话的人是王康。

"其他楼层呢？"乔俊烈问。

"原本只有四楼的摄像头损坏，但由于养老院的工作人员私自检查维护，导致其他楼层的摄像头也在前几天损坏了。"王康面无表情地答道。

"这么巧？这件事养老院的人都知道吗？"

"并不是全都了解，只有少部分参与的工作人员知道。他们怕被责骂，所以准备把这件事瞒下来，李康胜应该并不知情。他们本想等维修四楼摄像头的工人来了，再拜托人家帮忙顺带修一下。"

"大门口的摄像头是否完好？"

"那边的摄像头没问题，但也无济于事。因为从养老院外墙直接翻入，再由安全楼梯直接上楼，可以完全绕开大门口的摄像头。"

乔俊烈长叹一声，心想真是天要亡我。原本借助摄像头，至少还可以将调查范围缩小，如今没有监控的帮助，需要排查的范围可就太大了。

"好了，坏消息我已经告诉你了，接下来是好消息。"

王康脸上的表情还是没有变化，但说出来的话却和以前略微有些不同了。

"什么好消息？"乔俊烈忙问。

王康举起一个透明的证物袋，里面是一只墨绿色的打火机。打火机机身上印着"晴海饭店"四个字。王康见乔俊烈还是一脸懵懂，便出言提示道："李康胜不抽烟。"

乔俊烈明白了。

既然李康胜不抽烟，那这只打火机一定不是他的。

不是他的，那就是凶手的。

2

中午的时候，王康说有事，得先回一趟警局，追踪白衬衫来源的工作由他来负责。乔俊烈和万定邦两人决定驾车前往位于广福区的晴海饭店，去调查打火机这条线索。临走时，王康向乔俊烈说了声再见，这让乔俊烈感到很意外。虽然他的表情还是有些不自然，但也算给了新任队长面子。万定邦见他愿意接纳乔俊烈，自然非常高兴。

警车开到晴海饭店门口，靠在路边停车。

"你饿不饿？"万定邦忽然问道。

"好像有点儿。"被他这么一问，乔俊烈觉得肚子确实有点饿了。

"不如先随便吃点东西吧，你想吃什么？"

"都行。"

万定邦打开车门，一路小跑去街对面的美式快餐店。他买了两份芝士牛肉汉堡套餐，带到车里，分给乔俊烈一起吃。

"这次的案子你怎么看?"万定邦吃着汉堡,没话找话。

"还不知道。"

乔俊烈嚼了两口,忽然皱起眉,他发现汉堡里夹的酸黄瓜太多,有点涩嘴巴。

"像他这样的慈善家,什么人会要他的命呢?"万定邦又问。

"那可多了。有些人树敌很多,并不是因为他人坏,恰恰相反,是因为人太好了。"

"这话怎么讲?"

"我随便打个比方,李康胜开的这家乐福园养老院,价格如此低廉,环境和服务却是一流的水准,运营成本极高,等于亏本经营,试问有几家养老院做得到?如果只开一家还好,最近李康胜又宣布了他的新计划,准备在华龙区新办一家幸福园。川东市能有多大,他这样搞下去,别的养老院还活不活了?"

"也是,俗话说得好,同行是冤家。"万定邦笑着道。

"我只是随口一说,这起案件,未必是同行干的。总之,我们手头有两条线索,一条是白衬衣,一条是打火机。初步来看,站在这两条线索交汇处的人,是凶手的可能性极大。"

说完,乔俊烈又咬了一口汉堡。这一次,他发现自己的味蕾已经逐渐接受了酸黄瓜带来的酸涩味。

"对了,白衬衣的尺寸是多少?"乔俊烈问。

"是L号,这件衣服的主人,身高差不多在一米七五到一米八之间,当然,如果身材肥胖的话,一米六五的人也能穿。"

"什么牌子的?"

"我让王康查过了,这牌子叫crow,是美国的商务服装品牌。"

"哟,邦哥,看不出你发音还挺准!"乔俊烈把最后一口汉堡塞进嘴里，顺手抽出两张纸巾，擦拭手心。"据我所知，这家服装品牌在国内没有专柜吧？"

"确实没有。所以凶手要么是网上代购，要么就是自己在国外时买的。"

"这衣服不便宜吧？"

乔俊烈平时穿着随意，对国内外的服装品牌知之甚少。

"挺贵的，一件衬衫得上千块呢！"

"我去，这么贵的衬衫我可穿不起。这样看来，凶手还是个有钱人啊！"

"起码不缺这点钱。总之，衬衫这条线索就交给王康去查，咱们到时候听他汇报就行。你吃完了没有？"万定邦说话时，眼睛一直盯着车窗外的晴海饭店。

"吃完了！走！"乔俊烈拍了拍双手，推开车门。

已经过了午餐时间，门口进进出出的客人还是很多，看来平日里这家饭店生意很不错。万定邦心里掠过一丝不安。饭店生意越好，就说明人流量越大，人一多就杂，这会影响老板的记忆力。

他们两人一进饭店，就直奔柜台，同时亮明了身份。迎接他们的是晴海饭店的老板娘，名叫邴晴。老板娘五十岁上下，烫着一头卷发，身材微微发福。她说丈夫赵海去她弟弟家打麻将，所以暂时不在店里。

"你们店里有没有打火机卖？"乔俊烈开门见山地问。

老板娘从柜台下取出一个塑料盒子，在他们面前打开，里面有十几只打火机。打火机五颜六色的，上面都印着"晴海饭店"的字样。

"来我们店里用餐的顾客，我们都免费赠送，一般来说不会去卖。"老板娘补充道。

乔俊烈取出装有打火机的证物袋，举到老板娘面前，问她道："你仔细看看，这是不是你们店里的打火机。"

"没错，是我们家的。"老板娘只看了一眼便下了断言，随后又道，"警察同志，这打火机怎么了？难道质量有问题，烫伤人了？"

万定邦替乔俊烈答道："这打火机你们饭店一共送出去多少，都有记录吗？"

"这种墨绿色的，是新做的，送出去二三十个吧，不过都没记录。"

也能理解，这种打火机就和纸巾一样，本就不值钱，送客人肯定不会留记录。

"这二三十个人，你都认识吗？"乔俊烈又问。

老板娘露出为难的表情。"怎么可能都认识，送给谁我都不记得了。"

万定邦和乔俊烈对视一眼，他们最担心的事情果然发生了。这只打火机上虽然留有指纹，但没有嫌疑人也等于白搭。

正当两人绝望时，乔俊烈无意间抬起头，正巧瞥见屋顶角落里的摄像头。

"你们这个摄像头是一直开着的吗？"他忙问道。

"不然呢，买回来关着当摆设？"老板娘开玩笑道。

"那这边的监控录像一般能储存多久？"

"两个星期吧。"

乔俊烈对万定邦道："只能死马当活马医了，监控录像能拍到几个算几个。"

万定邦点点头，今天下午可有事干了。

"可以给我们看一下吗？"乔俊烈问。

"可以啊。"老板娘丝毫没有犹豫，马上将柜台上的电脑让给他们。

摄像头虽被安置在角落，但视角很好，对整个店面一览无遗。

但要看两周的监控，即便以倍速观看，也要耗费不少时间。于是乔俊烈向老板娘提出拷贝一份，让他们带回警队。老板娘答应得很爽快，说你们警察既然要查，我们作为良好市民一定要积极配合。这话让乔俊烈和万定邦都很感动。

如果每个市民都像老板娘这样配合警方调查，工作上一定便利很多。

拿到监控录像的备份文件，他们两人赶紧驱车回到警局。

办公室里，除了王康和韦朝辉不见踪影，其余的人都在。乔俊烈立刻召开了工作会议，将任务分配下去——找出视频中所有向老板索要打火机的人，因为很有可能凶手就在其中。

"这次的工作量很大，但破案的机会就在眼前。李康胜这次遇难，下午官方就会向社会发出公告，影响力一定非常大，我们要争取以最短的时间侦破此案，给公众一个交代！"

话音落下，会议室内一片肃静。

乔俊烈对他们的反应并不满意，继续喊道："大家有没有听清楚我刚才说的话！啊？"

"清楚了！"众人这才齐声应和。

3

事实证明，李康胜被害造成的社会影响，比乔俊烈预想的更大。

不仅登上了报纸，就连晚间新闻都播报了，更有不少好事者将其制成短视频，在各种社交媒体上播放。同时，这次的案件也引起了省公安厅的注意，由于李康胜案的特殊性，上头下了死命令，必须在规定期限内破案！

困难全都压在了川东市刑侦队的肩上，身为队长，乔俊烈的压力可想而知。

晴海饭店的监控录像由卢翔牵头去弄，乔俊烈和万定邦则去了趟乐福园养老院，准备对李康胜周边的人进行一次调查。首要的调查目标，自然是最后一个见到李康胜活着的人——私人秘书冯玥。

他们暂时征用了养老院四楼的另一间空置办公室作为谈话的地方。这是乐福园养老院的副院长杨磊主动提出的，他表示只要能对破案有帮助就行。乔俊烈和万定邦当然求之不得，对杨磊表示了感谢。

冯玥是个三十岁左右的女孩。外表其貌不扬，戴着黑框眼镜，梳着马尾辫，衣着也十分朴素，穿着衬衫牛仔裤，与普通人印象中老板秘书的模样相去甚远。见到警察问话，冯玥也不惊慌，问答自如，显然是见过大场面的人，相比那些打扮光鲜却没实际能力的秘书，只有这样思路清晰的人才能替李康胜解决问题。

"当晚你几点离开办公室的。"负责提问的人是万定邦，乔俊烈负责记录。

"和往常一样，十点。"

"你们是几点到四楼办公室的？"

"九点零五分。"

"你为什么会记得这么清楚？"

"每次到办公室，我都会看一眼手表。"冯玥见万定邦露出疑惑的表情,苦笑着解释道,"我也不过是个打工的,嘴上不说,心里还是会在意上下班的时间。"

"明白了。你离开的时候是几点?"

"严格来说是九点五十三分。"

"那时候李康胜在做什么?"

"李总在看民政部最新出台的关于对养老机构扶持的相关政策。"

"国家对养老院的补贴吗?"

"非营利性质的养老机构,是享有国家相关优惠补助的。"

万定邦也听不懂,而且这和案件也没太大关系,于是换了个问题。

"你走之前,觉得李康胜有什么异常吗?"

"异常?"

"对,就是和从前有哪些不同。"万定邦怕冯玥听不明白,又举了几个例子,"比方说很焦虑,或者脾气很大,或者很高兴,类似这种。"

冯玥歪着头想了片刻,然后摇了摇头。

"没有吗?"万定邦问。

"记不起来了。既然没印象,应该就是没有吧。"她回答说。

"李康胜在生意场上有没有……怎么说呢,就是,不喜欢他的人?"

"您是想说敌人对吧?"

"差不多就是这个意思。"

"多虑了。李总做事情一向很守规矩,也懂得分寸,很少有人不喜欢他,更别说想杀他。"

"竞争对手呢?我听说李康胜准备在华龙区新办一家养老院。

川东市就这么点儿大,他这样扩张版图,难道不会对别家养老院造成威胁吗?"

这个消息是万定邦从乔俊烈这里听来的。

但冯玥听了,却很不以为然。她说:"川东市其他养老院的性质和我们不同,他们盈利目的强,服务的人群自然也与我们不一样。我这样和你说吧,一边像鸿福楼这样的高档连锁餐饮,一边像路边的烤串小吃摊,你觉得两者会形成直接的竞争吗?"

"所以你觉得不会是同行之间为了竞争而下的杀手?"

"完全不可能,也没有这个必要。"冯玥摇头,言辞十分肯定。

"生活中呢?我听大家对他的评价都很高,有的说他善良,也有的说他谦虚,好像是一个活菩萨般的人物。你和他接触算是比较密切,你觉得呢?"

"密切?不,我们的接触也仅限于工作上。"

"可能是我用词不当,请您不要误会。"万定邦调整了一下思路,"我的意思是,在你看来,他是不是一个……"

"是不是一个好人?你想问这个?"冯玥接着他的话说道。

万定邦点点头。

"我不敢确定。"

"此话怎讲?"

"如果单从工作上来讲,对我来说,他的的确确是个好老板。对下属很关心,也从不拖欠工资,话说到做到。"

万定邦总觉得冯玥说的话有所保留。不过该问的也都问了,她该说的也都说了,似乎没有理由再浪费别人的时间。

冯玥走后,万定邦问乔俊烈怎么看这个女人。

"说话很有条理,逻辑也很清晰。"乔俊烈答道。

"就这?"

"对了，还有一点。"

"是什么？"

"冷漠。"

乔俊烈也不知道用的对不对，反正第一个浮现在他脑海中的就是这个词。

"我也感觉很奇怪，老板死了，她好像没多大情绪波动。"

"这倒也好理解。"乔俊烈说，"很多员工巴不得老板早点儿去死呢。"

万定邦听了，豁然开朗，两人同时笑了起来。

这时，办公室的门被推开了一条缝，从缝隙中探出了一张胖脸，正是养老院的副院长杨磊。他笑眯眯地对两人道："警察同志，我有事要报告。"

"你进来说。"万定邦道。

杨磊拖着他圆滚滚的身子走进房间，脸上挂着谄媚的笑容。他说："刚才我路过走廊的时候，不小心听见了你们和冯秘书的谈话。"

万定邦和乔俊烈对他所谓的"不小心"完全不信，这人多半就是趴在门上偷听的。但表面上，两人还是做出了十分期待他接下去要说什么的表情。

杨磊接着说道："你们刚才是不是问她，有没有人对李总怀恨在心，有没有敌人，对吧？"

两人同时点头。

杨磊又道："冯秘书说没有，对吧？"

其实冯玥并没有这么讲，她只是否认了同行杀人的可能性，以及生活上与李康胜并不那么密切。但为了让杨磊继续说下去，他们两人并没有打断他，而是按照他的期待继续点头。

"其实有!"杨磊故意压低声线。

"是谁?"万定邦忙问。

"就在我们养老院里!"

"你们养老院上上下下,不都对李康胜感恩戴德吗?"

"人心隔肚皮,谁知道呢!其实李总最近也和养老院里的工作人员发生过一些小摩擦,我个人感觉吧,这点小摩擦也不至于导致杀人,但我想来想去,还是要向警察同志报告一下,说不定能帮助你们破案呢!"

"那你说说看。"

"最近有三个人和李总发生过摩擦,分别是保安室的吕建斌、护工杜辉和厨房的赵立坤。他们都因为工作方面的疏忽,被李总狠狠批评了,差点儿给开除。不过要说我们李总真是善良,最后还是没忍心赶走他们三个。"

"他们三个现在在吗?"乔俊烈突然问道。

"在啊!"杨磊点了点头。

乔俊烈看着万定邦问:"要不见一下?"

4

或许是年久失修的关系,地下通道的灯光忽明忽暗,使得原本昏暗的走道显得更加诡异。空气中湿度很大,同时还飘浮着一股腐败的酸臭味。这种味道令人不适,且充满了穿透力,即便屏住呼吸,气味还是可以钻入鼻孔,直达大脑。

乔俊烈感觉浑身都要散架了,明明没喝过酒,为何这地面像棉花糖般柔软。每一脚踩下去,都会让他的身体摇摇欲坠。他咬紧牙关往前走,就是为了抓住前面那个逃跑的人。奇怪的是,他越是想使劲，双腿就越不受控制。

忽然间，前方那人止住了脚步，蓦地转过身来。

乔俊烈想喝斥住他，但话到嘴边，怎么也说不出口。

那人身材挺拔，西装革履，一双皮鞋擦得发亮，但乔俊烈怎么也看不清他的脸。走道灯光闪烁，使他那张脸更模糊了。不，或许用模糊这个词还不够严谨，应该说变幻莫测。

他拥有一张变幻莫测的脸。

乔俊烈吃力地朝他走去，脑子里只有一个念头——抓住他！

靠近那人后，乔俊烈伸手揪住他的衣领，想用力把他按在地上。奇怪的事又发生了，他完全使不上劲。这种无力感是他从未经历过的。

那人突然笑了。

他的脸依旧是变幻莫测。

——我一定会抓住你！

不行，还是说不出话。半句话都说不出口。

两人就这样僵持着，直到乔俊烈再次感到眩晕，熟悉的声音在他耳边响起。

"喂，醒一醒！"

他睁开眼，瞧见万定邦站在他面前，这才意识到刚才是在做梦。他直起身子，伸了个懒腰，发现自己还在办公室，只是趴在桌子上睡着了。电脑的屏幕上还在播放着晴海饭店的监控录像，视频的画质十分粗糙，只能看清人的轮廓和服装，根本无法识别五官。

"我给你们都带了早餐，趁热赶紧吃。"

万定邦将纸袋子放在乔俊烈的桌上，又亲自替他拆开。里面是一份热腾腾的抄手。

"邦哥，麻烦你了。"乔俊烈也不客气，从万定邦手上接过纸碗和塑料勺子。

"你和我客气啥？"

"对了，现在几点了？"

"六点半了吧。"万定邦看了一眼手表，以确认自己没有看错。

"还有卢翔他们……"

"放心，我都给他们带了吃的，你就安心吃你的吧！"万定邦拖过一张椅子，坐在乔俊烈对面。

"邦哥，你这样看着我，我吃不下。"

"得了吧！你又不是大姑娘，吃点东西还害臊？"万定邦调侃了一句，又道，"你刚才怎么了，睡着的时候一直呜呜呜地喊，是不是做噩梦了？"

"没有。"乔俊烈低头吃饭，他试图转移话题，"我睡了多久？"

"我哪能知道，昨天我不是很早就回去了吗？就你们几个年轻人在这儿熬夜看监控，对了，你们看出什么名堂了吗？"

乔俊烈点头道："目前来看，一共有七个人拿过晴海饭店的打火机，其中六个是男性，一个是女性。截图我们已经保存好了，下午就去晴海饭店，让老板娘认一认，说不定其中有她熟悉的人。"

"哟，真看不出，你们效率还挺高呢！"万定邦说完，像是想起了什么，凑到乔俊烈耳边问，"昨天晚上他们对你怎么样？没有让你难做吧？"

"没有啊，大家对我都很友善。"乔俊烈道。

万定邦挠了挠下巴的胡楂儿，想不明白这群兔崽子对乔俊烈的态度，为什么变化如此之大？看来问题的关键还在王康身上，待自己有空,一定要去问个明白。

吃完抄手,乔俊烈就出了办公室,他本想布置当天的任务,却见王康和韦朝辉两人已整装待发。一问之下才知道,他们准备带着监控的截图去一趟晴海饭店,让老板娘看看是否认得画面中的人物。对于他们如此积极的工作态度,乔俊烈显得有些不知所措,不由自主地说道:"辛苦了,那我在队里等你们消息。"

"这小子怎么回事,吃错药了?"万定邦更糊涂了。

"邦哥,要不我们下午再去一趟乐福园吧?我总觉得还有事没查清楚。"

"昨天不是把那三个嫌疑人都审了一遍吗?都说自己在案发时有不在场证明。那个吴建斌案发时叫了一份外卖,杜辉和朋友在火锅店吃到凌晨两点,赵立坤则和他的情人在一起。而且我听他们说的那些事,都是些鸡毛蒜皮的小事,根本犯不着把人杀了。"

乔俊烈低着头,没有接万定邦的话。

他思考了一会儿,抬起头对正在打字的卢翔道:"小卢,有个事你去做一下。"

"乔队,有什么吩咐?"卢翔从座位上站起来。

"你去把吴建斌、杜辉和赵立坤的不在场证明核实一下,务必要做到滴水不漏,明白吗?"

"明白!我这就去!"

卢翔答应得很爽快。

"小婷!"乔俊烈又喊了一声。

"在!"包小婷下意识地站了起来。

"你协助卢翔。"

"明白!"

乔俊烈说完，转身走回了自己的办公室，徒留下一脸震惊的万定邦。

他实在想不明白，这群原本要对抗乔俊烈的家伙，何以如此配合起来？还是这乔俊烈趁自己不在的时候，早就买通了他们？万定邦左思右想，心里还是没个答案。

卢翔和包小婷离开后，万定邦又来到乔俊烈的办公室。

"我们几点去乐福园？"

"下午一点吧。"

"你要不要去沙发上睡会儿？"

万定邦见他眼睛里都是血丝，有点担心他的健康。毕竟三十多岁的人了，熬夜对身体的影响还是很大的。

"高俊龙的案子还没破，又死了个社会名人，手上事情这么多，我怎么睡得着？"

"你别仗着年轻不睡觉，小心猝死！"

"放心，我一定活得比你长。"乔俊烈哈哈大笑。

这时，办公桌上的手机忽然震动起来。乔俊烈伸手抓起手机，放到耳边说了声"喂"。

电话那头的声音很熟，令乔俊烈想起了在重庆工作的日子。

"怎么啦，不记得我了？"

是朱沛的声音。

朱沛是个二十来岁的女警，乔俊烈在重庆从警时，她一直伴在左右，可以说他们两人是非常默契的工作搭档。来到川东这些天，乔俊烈一直忙碌着，还没来得及给朱沛报个平安。眼下她自己主动打来电话，乔俊烈当然是喜不自胜。

"我怎么可能不记得你，开什么玩笑！"

"去了川东市，真是人走茶凉，连个微信都不给我发！"

"主要是太忙了。"乔俊烈说的是事实。

"好吧，我原谅你了。你们那儿出的事，我们这边都有所耳闻呢！"

"李康胜？"

"除了他还能有谁。"朱沛语气中略带鄙视，"你们这案子查得怎么样了？"

"又不是你的辖区，你问这么多干吗？"

"不说拉倒，我还懒得听呢！不过呢，你不告诉我办案的进展，我也不告诉你我这边知道的线索。哼！我要挂电话了！"

乔俊烈急了，忙道歉道："求求你别耍我了，究竟什么事？我为刚才的鲁莽向你道歉，这样总行了吧？"

"这还差不多。"

"到底是什么事？你就别卖关子啦！"

"这里有件案子，可能和李康胜有关。电话里说不清楚，我觉得你还是亲自回重庆一趟比较好。"朱沛欲言又止，可能眼下说话不是很方便。

"李康胜在重庆待过？"

"不仅待过，还待过很长一段时间。"

乔俊烈沉吟片刻，立刻做出了决定。

"好的，我去一趟。"

第八章

1

　　电视机音量被调得很高，荧幕里身穿古装的男性一脸愁容地对着已经死去的女主，大声喊着对方的名字，看得出他已经极力调动五官表现自己的悲伤，但总感觉哪里不对劲，也许是情绪不到位，好像下一秒就要绷不住笑场。

　　钱志国刚放下手里的电视遥控器，又起身去到门口，把耳朵贴在门板上听了会儿，确定没人后才回到沙发上。徐述圣和戴兴华坐在他的对面，都没有好脸色。现在整栋乐福园养老院已被警察控制，里里外外，人心惶惶，当然最害怕的莫过于他们三人。

　　"门外应该听不见了吧？"钱志国试探性地问道。

　　"你说什么？"戴兴华把耳朵凑上去。

　　"我说，现在门外的人，应该听不见我们说的话了吧？"他提高声量说话的同时，也觉得自己说出这样的话很可笑。

　　徐述圣从桌上拿起遥控器，将电视的音量调低了几格。

　　"这样反而可疑，我们就正常说话。"

　　"现在怎么办？"戴兴华问。

　　钱志国的目光也随着戴兴华投向徐述圣。

　　"静观其变。"

　　"什么意思？难道不去找那个威胁我们的人了？"钱志国提出疑问。

　　"现在这种情况，我们做什么都很危险。"

　　"我明白，但就这么待着，我总是觉得不安心。哎，反正我们没杀人,就算被警察抓住了,我也问心无愧!"

钱志国的话听起来像是在自我安慰。

"这话你留着对警察去说,看他们信不信你。"戴兴华冷不丁地说道。

徐述圣道:"好了,总之我们现在最好就是按兵不动,目前警方应该还没有排除外来人员作案的可能,未必会查到我们头上。"

钱志国立刻问道:"你说到底是谁杀的李康胜?会不会是威胁我们的那个人,他等不及就自己动手了?"

徐述圣道:"如果是这样,那我们的处境就更危险了。"

钱志国和戴兴华不太理解他这句话的意思。

"因为我们杀人的证据就握在他手里。眼下他既然已经达到了目的,亲手杀了李康胜,我们对他来说就已经没有了利用价值。那么,他就没有理由替我们隐瞒杀人,随时可以把这些证据交给警方。"徐述圣在说这段话的时候十分冷静,但每个字的分量都很沉重。

"所以我们还是得找到这个兔崽子!"戴兴华啐了一口。

徐述圣低下头,不置可否。

三个人都沉默了一阵,房间里只剩电视机音响里发出的打斗声。

就在这个当口,门外忽然响起了敲门声,三人陡然一惊,脸上均现出了惊愕的神色。还是徐述圣最快回过神儿,推了一把钱志国,让他去开门。钱志国呆呆怔了一会儿,才跑去门口问是谁。他们害怕门外的人是警察。

然而令他们没想到的是,隔着门板说话的人是老刘。

钱志国一听,松了口气,心想:也是,就算警察再厉害,也没那么快查到他们头上。

门才开了一条缝,老刘就嗖地一下钻进屋。他见徐述圣和戴兴华也在钱志国的房间,朝他们点了点头,权当打过招呼了,然后转过头对钱志国道:"出大事了!"

钱志国合上门。"李康胜的事?"

"你也知道了?"老刘有些惊讶,"我以为你今早刚回来呢。"

"事情搞这么大,还会有人不知道?"

"哎,你钱医生什么人,事不关己高高挂起,两耳不闻窗外事。"

"别胡说!"

"既然你都知道了,那我也就不多说了。现在警察已经开始调查了,李院长的秘书和杨副院长都被传讯了,接下去还不知道会闹多久。我现在就是担心这乐福园保不住,这么好的地方要是没了,去别家养老院我可住不起……"

"现在也别想这么多,先看看能不能抓到凶手,后续的事情,杨副院长会处理。"

"也是,我们在这里瞎操心也无济于事。好,既然你还有朋友在,我就先走了啊。回头再聊!"老刘朝屋里探了一下头,向徐戴两人挥了挥手,就当说过再见。

"咦?"钱志国眯起眼睛,"老刘啊,染头发了啊?"

老刘笑嘻嘻地摸一把自己漆黑的头发,笑着道:"怎么样,还不错吧?昨天晚上染的。"

"还不错,看上去年轻了好几十岁呢!怎么,是不是这周又准备去舞厅玩,所以给自己打扮一下?"钱志国揶揄道。

"你可别乱说,那地方我早不去了,烧钱!走了走了!"

老刘说话的同时,一只脚已踏出了房间,真是来去如风。

不速之客走后，钱志国回到沙发上，整个人像个泄了气的皮球。

"我有个想法。"戴兴华突然冒出来一句，"不过也只是猜测。当然，这种猜测有点过分，但我左思右想，似乎又像这么回事。"

"你说。"徐述圣换了个姿势，正襟危坐。

"威胁我们的人，会不会就是那个曹月娥？"

此言一出，最先做出反应的是钱志国，他瞪着戴兴华，嘴里说道："你脑子有病吧？"

"老钱，你怎么说话的？我也说是一个想法，又不是事实！"

"你有这种想法，脑子就是不正常！"

"怎么不正常了？"

"我们在杀她儿子，她躲隔壁楼拍照？"钱志国耸起肩膀，把手一摊，"你这不是胡说八道嘛！世界上哪有这种母亲？"

"人心隔肚皮，她想什么你会知道？再说了，这儿子天天打她，难道当娘的就不能动了杀心？说不定那天她来给你打扫卫生，就是为了给你们看她脸上的伤。"

"给我们看伤，我们就会替她去杀儿子？你这也太扯了！就算她用了借刀杀人的计策，利用我们的同情心除掉了儿子，但李康胜又怎么解释？她一个清洁工能和院长扯上什么关系？你别告诉我，你觉得他们俩有奸情！"

戴兴华被钱志国怼得半天说不出话来。

徐述圣道："好了，你们也别争了，一切都还没有定论。我们现在要做的就是尽量小心，尤其是你，老戴，打火机的事你可别忘了，这是个定时炸弹！"

"其实后来我想了想，也没什么大不了，去这家饭店吃过饭的多了去了，谁知道。"

"总之小心为上。"

三人又聊了一阵儿,而后徐述圣去医院做检查,顺便配药,戴兴华则回虎城区东南的阳光宾馆休息。临走时,徐述圣再次提醒他们两个,最近要小心,没事尽量少出门。

2

他们走后,钱志国上床躺了一会儿,可能是这几天神经高度紧绷,不知不觉间就睡着了。

再次醒来,是因为手机铃声大作。他戴上眼镜,拿起枕边的手机看了一眼,屏幕上显示的名字是瞿文珍。钱志国以为自己眼花,用手指揉了揉眼皮,再看。

没错,确实是瞿文珍打来的。

钱志国感觉自己心跳加速,他用手指点下接听按钮,然后把手机放在耳边。

"喂。"他的嗓音有些干哑。

"你在忙吗?"五秒钟后,传来了瞿文珍的声音。

"没,我不忙。我在……"钱志国顿了顿,"我正在看电视。"他生怕说自己在睡觉,会让对方感到内疚,于是随口撒了个谎。

"听你的声音,你不会是在睡觉吧?"

"没有,就是喉咙有点不舒服。对了,你找我有什么事?"

瞿文珍酝酿了很久,才开口道:"老钱,你现在有空吗?我想见你一面。如果不方便那就算了,以后再约。"

"没有不方便。方便,方便得很。"钱志国翻身坐起,伸脚在地上找拖鞋,"你说个地址,我过来找你,好吧?"

"我过来你附近吧。"

"不，不，你别动，我来找你。"

钱志国下了床，按下免提键，然后抓起衣架上的衣服往身上套，动作相当快。

"那好吧，你还记得春天百货那边有个肯德基吗？我现在就在这里。"

"好的，我半小时就能到。"

"不急，你路上小心，注意安全。"

"嗯，我知道了，我马上就到。"

挂了电话，钱志国走到镜子面前张望了一下，感觉自己样子还行，就推门而出了。

他在路边叫了一辆出租车，司机是本地人，听他报完地址，就踩下油门，没有浪费一秒钟。钱志国靠在后排的座椅上，感觉自己像是在做梦。明明女儿已经旗帜鲜明地反对他们交往了，为什么瞿文珍还来找他呢？难道事情还有转机？

可是他和丁敏摊牌已经过去好几天了，这些日子瞿文珍为什么没来找他？她究竟经历了什么，钱志国无法得知。不过，今天可以当面问了。他把头靠在椅背上，放弃思考，反正一切都会有答案。瞿文珍使他暂时从杀人案中解脱了出来。

出租车停在春天百货门口，钱志国下车后径直走入商场，穿过大厅，看见了肯德基的门牌。他推门而入，一抬眼就看见了坐在角落的瞿文珍。

才几天不见，她的样子比之前憔悴了许多，整张脸像是蒙上了一层灰色，气色极差。钱志国快步走了过去。也许是听见急促的脚步声，瞿文珍也抬起头，撞上了钱志国的视线。

"这么快？"她有点惊讶。

"你怎么啦，看上去不太好，是不是身体不舒服？"钱志国问道。

瞿文珍摇摇头，对他说："你坐，坐下来说。"

钱志国拉开椅子坐下，视线却没有离开瞿文珍的脸。

"老钱，其实我今天找你来，是为了做一个了断。"说这话的时候，瞿文珍低下头，不敢去看他，"所以呢，希望你不要误会。"

"什么了断？"钱志国的心抽搐了一下。

"敏敏找你谈过了，这事情我知道，她也把聊天记录给我看了。"说话间，瞿文珍偷瞧了钱志国一眼。

"嗯，你说。"钱志国道。

"大致就是这个意思。"

"她不同意我们在一起，是不是？"

瞿文珍点头。"对，她反对。"

"所以呢？"

"她想让我和她爸重新试试看。"

钱志国感觉一股气憋在胸口。

"他以前那样对你，你还要给他机会？就……就因为他是敏敏的父亲？"

"是的。"

"但是你已经不爱他了。"

"都一样，反正已经忍了半辈子了，剩下时间也不多，忍一忍也就熬过去了。"

"这公平吗？"钱志国前倾身体，像是要让对方看清自己的表情。

瞿文珍摇摇头。"我也没办法，我……我也只有这一个女儿。"

她哭了。泪水止不住地往下掉。

钱志国从口袋里取出纸巾，递给瞿文珍。她接过去，抽出一张，却没有立刻擦，而是用另一只手捂住脸，呜呜地低声抽泣。

"文珍，是我不好。"钱志国胸口的气一下子泄了，整个身体突然间只剩个皮囊。

"是我不好。"瞿文珍呜咽道。后面她还说了一句话，但哭腔太重，钱志国没听清。

两个年过六旬的人就这样对坐着，男的无奈叹息，女的低声哭泣。路过的年轻人偶尔会看看他们，总感觉有点匪夷所思，有点不正常。

哭了一阵，瞿文珍用纸巾擦干眼角的泪水，才抬起头。

钱志国强忍悲痛，对她道："没有机会了吗？一点机会也没有？"

"我只有一个女儿……我真的没办法。"

"敏敏知道你已经不爱她的父亲了吗？"

"唉，敏敏说得也有道理，她说我们都这把年纪了，半只脚踏进棺材的人，还谈什么爱不爱的，恶不恶心人。"瞿文珍轻轻摇头，"我们这个岁数的人啊，应该考虑的是安安稳稳地度过余生，而不是再谈一场轰轰烈烈的恋爱。"

"怎么？老人就不是人，就不配谈恋爱了？况且我们还不算老。"

"这几天我在家里也想了很多，我们还能有几年好活？真的折腾不动了。前几天我们以前厂里的小姐妹查出来肺癌晚期，医生说只有两个月的时间了。我感觉六十岁往后，过一天算一天，真不知哪天会突然走掉。你说我们就算在一起了，还能开心多久，时间太少了，一辈子都已经过掉了……"

"对啊,就因为没有多少时间,开开心心过完剩下的日子不好吗,非得带着遗憾死去?"钱志国满肚子的委屈。

"又不是小年轻,哪有那么简单。外面人怎么看我,家里人怎么看我,你想过没有?"

"你现在是单身,已经离婚了,再婚很正常啊!"

"我要是再婚,我女儿第一个不认我!我这辈子所有的心血都在她身上,老钱,我心里是有你的,但我女儿更重要。年纪越大,牵挂越多,爱情只是其中一小部分,不是全部,不可能为了爱情把其他东西都丢掉的。你……你不要怪我。"

"我怎么会怪你呢!"钱志国唯有嗟叹。

他知道说什么也挽留不了她,老人的爱情再浓烈,也拗不过子女的反对。

"老钱,你人很好,将来一定会有其他女人喜欢你,陪你走完人生。可惜那个人不是我,只能说我命不好,我们有缘无分。好了,我要说的,今天都当面对你说了,没有遗憾了。你好好的,我要走了。"

见瞿文珍站起来,钱志国也随之站起来。两个人站了一会儿,瞿文珍忽然朝钱志国走了两步,却又停住了。这两步已耗尽了她的勇气。

"再见。"她转过身就走了。

钱志国站在原地,灵魂像是被一把刀撕裂成了一片一片。

3

"我再说一遍,必须要住院。"

这位于医生看起来比徐述圣还要小十几岁,却用命令的口吻对他说道。徐述圣也知道，于医生是在关心他，在救他。不过自己这条命已经不值得救了。

"疼得厉害，能不能开点药给我？"徐述圣还是重复这句话。

于医生像是在看一个怪物般看着他。"你不想活了？给你吃止疼药也没用，这病又不会自己痊愈，而且你这是在耽误自己的治疗，明白吗？"

"就想开点药，有时候真疼得受不了。"

"徐先生，你现在这个情况很危险，你知道吗？"

"我知道。"徐述圣点点头。

病患和医生就这样在诊室里僵持着。

"我和你说不清楚，把你家属叫来吧，我和他们说。"于医生大手一挥，知道说服不了眼前这个男人，便试图换一种方法救他。

"我儿子和老婆都死了，我现在孤家寡人一个，没有家属。"

徐述圣的回答让于医生感到意外，于是他便轻咳一声，掩饰刚才的冒失。"孤家寡人也不能等死吧？配合治疗，可以减轻你的痛苦，提高生活质量。而且你现在这种病，并不是说百分之百没救，不能自暴自弃啊……"

"治不好，我知道的。"

"你不怕死吗？"

"不怕。"

"真的不怕？"

"人总是会死的，活着没什么劲，早死也好。"

徐述圣看上去很冷静。于医生从没见过一个人面对绝症，可以如此淡然应对。

看来这人是真心求死。

"于医生。"徐述圣忽然道。

"什么事？"

"我小时候，看见路上有老人走路很慢很慢，我总觉得他们是装的。"徐述圣苦笑着摇摇头，像在分享一件趣闻，"我想，一个人走路怎么可以这样慢？我不能理解，所以不信。直到我自己年纪大了，我才知道，那是真的。"

于医生听完，情绪上起了细微的变化。

他隐约有点理解徐述圣的意思了。

感同身受真的很难，有些事情，没经历过的人怎么都无法理解。

"好吧，既然你坚持，我也没办法。"他在一张便签纸上写下自己的手机号码，递给徐述圣。"但作为医生，我还是劝你接受治疗，光靠吃药是没用的。如果你感到身体不适，随时可以联系我。"

最后，徐述圣如愿取了一些止疼药，离开了医院。他也知道这些药丸给不了多少安慰，随着病情的加重，疼痛感将一次强过一次，最严重的时候，他会疼得在地上打滚，浑身就像被脱光了丢进冰窟窿似的。那种钻心的痛楚，没经历过的人是永远无法理解的。

徐述圣知道自己时日不多，也明白病治不好，他现在只求老天爷能多给他一点时间。

至少让他知道，是谁杀死了李康胜。

离开医院后，徐述圣到对面的饭店买了一份盒饭，坐在路边的桌椅上吃。吃饭对他来说没有丝毫乐趣，只是为了能够活下去的手段，补充身体所需要的能量。他还不知道杀死李康胜的凶手是谁，不能现在就死。

谁知才扒了两口饭，徐述圣就咳嗽起来，碗里雪白的米饭瞬间被染成了鲜红色。

他呕血了。

徐述圣曾听人说过，如果肿瘤细胞生长过快，就会直接破坏血管壁，导致血管壁破裂出血。他放下碗筷，取出刚才在医院开的止疼片，就着手边的矿泉水吞进喉咙。

冷水下肚，胃更难受了，像是有千万根钢针扎在里面。徐述圣低着头，强忍剧痛。但痛苦仿佛无边无际似的，一直徘徊在他的身体中。

桌上的一碗红饭特别扎眼，陶瓷碗的边缘，还有一些未干的血滴。徐述圣看着这碗红饭，想起了幼时父亲做的炒红苋菜。将这种苋菜拌在饭里，米粒都会变成红色，他最喜欢吃这种红色的饭了，又香又好看。

"这位老先生，你没事吧？"

旁边桌的年轻男子见徐述圣弯着腰，一动不动，便走上前来关心。

徐述圣只朝他摆了摆手，示意自己没事。他连话都说不动了。

年轻人见他吐了满桌的血，瞬间吓破了胆，也不敢多管闲事，拉着饭吃到一半的女友就赶忙离开。也许对他们来说，这个老头是不是有传染病也未可知。经历过新冠疫情，大部分人的神经都变得异常敏感，对未知的病毒也有了敬畏之心。

或许过了十分钟，也可能是半个小时，疼痛感开始渐渐减轻。

徐述圣直起腰板，用纸巾将桌上的鲜血擦拭干净，然后起身离开。他把被血染红的纸巾全都塞进了自己的兜里。

那碗被他的鲜血染红的米饭，却还留在桌上。

4

回到阳光宾馆的房间，戴兴华立刻躺倒在床上。他感到十分疲惫。

戴兴华的体力远不如年轻的时候，现在爬个楼梯都要缓好久，之后膝盖还会隐隐作痛。他感觉这肉身连累了自己。就像一台快要报废的老爷车，驾驶员技术再好，也很难驾驶这种车子在赛道上跑出好成绩。不过就算身体再累，他也不会在徐述圣和钱志国面前表现出来。在他们面前，戴兴华永远是精力充沛的模样。

为什么在别人面前那么亢奋呢？戴兴华问过自己，也认真思考过这个问题。他喜欢热闹，讨厌安静，很可能是因为无法面对自己庸庸碌碌、毫无建树的一生。

他年轻时好狠斗勇，做出过许多愚蠢的行为，但当他年岁渐长，体内激素水平下降，性格也开始变得温和了。可是他不能改变自己，改变自己意味着需要反思，他不想去反思人生，因为得出的结果会使他无法接受。

我原来就是这样吗？人生就仅此而已？

所以他遇到任何事，所采取的办法与二十岁时无异。他拒绝成长，是源于内心深处的恐惧。就像被毁容的人不愿意照镜子一样。逃避思考，醉生梦死，这样就不用反思人生，自己就不会被打倒。把所有的时间空隙都塞满，这样就不会去想那些事了。

可是，任何人都不可能把所有的时间空隙都塞满，你总会在某一刻感到孤独，而在那个瞬间，你会真正地直面自己的灵魂，接受灵魂的拷问。

此时躺在阳光宾馆床上的戴兴华正是如此。

有时候，他会羡慕徐述圣和钱志国，至少他们曾有过家庭，至少他们爱过恨过，不像他孑然一身，从未有过婚姻，所能接触到的女性，也大多是从事色情行业的。这种虚情假意，哪能和真正的爱情比呢？但是爱情又是什么模样呢？科学家曾说过，人类无法描述和想象自己未见过的事物，正如戴兴华无法描述何为爱情。

他翻了个身。

事业也一团糟。活了大半辈子，对社会没有任何贡献，年轻时打伤过不少人，尽管没犯过情节特别严重的罪行，但派出所也没少去。父母为他操碎了心，哥哥戴振华一气之下，把他赶出家门。兄弟俩从此反目成仇。

戴兴华心想，自己能结识徐述圣和钱志国，还得谢谢哥哥戴振华呢！要不是哥哥从小教他下围棋，他也不会去公园里看人下棋。不去公园，自然不会遇到徐述圣和钱志国。少了这两位挚友，戴兴华的人生趣味恐怕会减少一半。

正胡思乱想间，床边的手机铃声忽然响起。戴兴华怕是催债的，准备随手按掉，却发现屏幕上的名字是"戴伟"。侄子又打电话来，也许是怕他忘记孩子的满月酒吧。

戴兴华接了电话，身体恢复之前仰卧的姿势，脸朝上，双眼瞪着天花板。

"喂，小伟，什么事？"

等了一会儿，电话那头儿还没声音，戴兴华感到有点奇怪。

可下一秒他就意识到不对劲了。

他听到对方轻咳了一声，但这个声音，绝不是侄子戴伟发出的。

当两个人熟悉到一定程度，就算轻咳一声，对方也能听出是谁的声音。

"哥？"戴兴华试探性地问了一句。

"嗯。"对方的回答很简短，但足够让戴兴华确认了。没错，确实是戴振华本人。

他们兄弟俩已经有好多年没通过电话了。

"小伟给你打过电话，是不是？"戴振华问道。他的声音很克制，无法从语调中听出喜怒哀乐的情绪。

"是的。哥，恭喜你啊，当爷爷了……"

"谢谢。"

"满月酒我一定会来的。"

"不。"戴振华的回答让戴兴华感到十分惊讶，"你不用来。"

"那怎么行？！小伟是我的侄子，他孩子过满月，我一定要到场的。怎么，你是不是怕我没钱给红包？放心，我这些年虽然没赚到什么钱，但给个红包还是绰绰有余的。"

"我今天给你打这个电话，没有别的意思。我希望你离我家人远一点。"

戴振华每说一个字，就像在戴兴华胸口开了一枪。

"为……为什么？"

"你是不是又欠了赌债？"戴振华冷冷问道。

"这……我……"

戴兴华一时语塞，他不知该如何向大哥解释，自己只是运气不好，遇到骗子才输的。但他知道这话不能说，说了没用，只会进一步激怒戴振华。

"我们家不欢迎赌徒，我也不希望你将来问我儿子借钱，甚至问我孙子借钱。"

"我怎么可能问小伟借钱！"戴兴华对着手机吼道。

"你现在不论说什么，我都不会信了。烂泥扶不上墙，说的就是你这种人。当年爸妈是怎么对你的,你又怎么对待他们?小时候光是因为你打架,爸妈就赔了多少钱?你进少管所,妈整夜整夜睡不着觉,你倒好,回家一看饭菜不合胃口,直接从窗户丢出去。戴兴华,从那个时候起我就告诉自己,我没你这个弟弟。父母走了,我和你的兄弟之情也就到此为止了。我的话你听明白了么?"

戴振华说这段话时,并没有强烈的情绪波动,而是很平静地表达了自己的想法。或许那些年长期积累的矛盾,已让他彻底对弟弟死了心。

"明白。"戴兴华深吸了一口气。

"好,那我今天打这通电话的目的就达到了。我挂了,希望这辈子都不要再见。"

话音刚落,手机那头就传来了忙音。

戴兴华举起手机,想用力砸向床前的电视机,但他手抬到半空就停住了。

他可没钱赔一台电视,身上仅有的钱也都是从徐述圣那儿借来的。

睡意全无,他想出门走走。

但令他没想到的是,当他拉开门,发现门外竟站着两个身穿制服的警察。

"请问,你是戴兴华吗?"其中一人问道。

戴兴华点了点头。他还有点儿蒙。

还没来得及发问,另一人又道:"请你和我们走一趟。"

这时戴兴华才反应过来,一切都完了。

第九章

1

审讯室里的光线有点昏暗。

这里面积不大,但仅坐三个人的话,还是显得很宽敞。戴兴华靠墙坐在单人椅上,他对面有一张桌子,桌子后面并排坐着两位警察。这两个警察正是从阳光宾馆把他带到这里的人,其中年纪大的叫万定邦,年轻的叫王康,都是川东市刑警队的。

戴兴华对警局并不陌生,因为打架斗殴没少来过。可这次不一样,是命案。

"知道我们为什么带你来这儿吗?"万定邦拿起白瓷茶杯,往里吹了口气。

"不知道。"戴兴华答得很干脆。

"不知道?"万定邦呷了口热茶,把白瓷茶杯放下,拿起一个透明的证物袋,里面装着一个墨绿色的打火机,"这个你知不知道?"

"打火机。"戴兴华答道。

"这个打火机是不是你的?"

"不知道。"

"你不知道?"万定邦冷笑了一下,"那我提醒提醒你。这打火机是你从晴海饭店拿走的。上面还有你的指纹,所以你别想抵赖。"

"就算打火机是我的,那又怎么样?"

戴兴华虽然面上摆出一副挑衅的嘴脸,但内心其实十分惊慌。虽然李康胜的死和他们无关，但高俊龙确确实实是他们杀的。

"注意你的态度！"王康对着戴兴华喊道。

万定邦伸出手挥了挥，示意王康不要这样大动肝火。从警这么多年，万定邦什么人没见过？像戴兴华这样的老油条，就是要和他玩心理战，你越是愤怒，对方就越是满不在乎，因为他知道，你对他吼是因为手里没牌，急了。

而万定邦尽管手里没牌，却也要摆出一副怀揣王炸的模样。

"打火机上有指纹，说明这打火机是你的。你的打火机出现在案发现场，那只能说明杀人凶手就是你。戴先生，我们查过你的底细，前科不少啊，像你这样徘徊在犯罪边缘的人，我们更有理由怀疑，杀死李康胜的人就是你。所以，面对这样的铁证，你准备认罪吗？"

万定邦说完，用食指戳了戳证物袋里的打火机。

"我不知道你在说什么。"戴兴华耸了耸肩。

"哟，准备耍赖？"万定邦站起身，绕过长桌，走到戴兴华面前，"不承认也没关系，你以为不承认，公检法就拿你没办法？现在判刑讲究的是证据，物证是最重要的，有了这个，什么都好说。你嘴硬有什么用？"

"人不是我杀的，如果你们想冤枉我，那我说什么都没用。"

"既然你说人不是你杀的，那就解释一下，为什么你的打火机会掉在案发现场？"万定邦拿着证物袋在戴兴华面前晃了晃，"怎么？说不出话了？"

"我哪儿知道，或许是有人偷了我的打火机呢？"

"这种饭店送的打火机，质量这么差，怎么可能有人会偷？送给我都不要。"

"也许有人要呢。"戴兴华歪着嘴说。

王康一拍桌子，怒斥道："你别油嘴滑舌，问你什么，就老实回答！"

戴兴华瞥了一眼王康，笑道："你这是在恐吓我？"

"你别胡说八道！"王康更怒了。

万定邦向王康使了个眼色，转而对戴兴华道："你觉得是有人偷了你的打火机之后，带着打火机去了乐福园，找李康胜，是吗？"

"是啊，或许那人偷了我的打火机，去李康胜的办公室，两人聊到一半，他突然想抽烟，就拿出打火机。没想到点完烟后，打火机就掉了。"戴兴华发挥想象力，替万定邦脑补了一个画面，来解释何以打火机会掉在案发现场。

"如果我刚才没听错，你说的是偷你打火机的人，去了李康胜的办公室，对吗？"

"是啊。"戴兴华感觉有点莫名其妙。

万定邦转过头去问身后的王康："你也听见他这么说了，对吧？"

王康点了点头，说："是的。"

"这就奇怪了。"万定邦挠了挠头。

"哪里奇怪？"戴兴华好奇地问道。

万定邦盯着戴兴华的眼睛，一字一句道："明明我刚才只说了打火机掉在'案发现场'，并没有说掉在'李康胜办公室'啊？你怎么知道是掉在办公室的呢？"

戴兴华听了，心头一震，暗暗叫苦。他原本只是随着万定邦的思路，顺嘴这么一说，谁知竟着了他的道！此时他心里后悔至极，怪自己太自作聪明了！

万定邦见戴兴华紧锁眉头，脸上的表情极为难看，便知道自己押对了！赶忙乘胜追击地问道："你为什么要杀死李康胜？"

戴兴华怒道："都说了没有！人不是我杀的，不是！"

他被万定邦套出话来，情绪本就有些波动，又被这话一激，情绪彻底爆发了。

"那你是否承认，自己去过现场。"

"去过现场难道就表示杀过人吗？"戴兴华反问万定邦。

"不一定。但去过现场，至少说明你有杀人的嫌疑。至于人是不是你杀的，警方自然会进一步调查取证。"

"如果我告诉你，我们确实去过案发现场，但没杀人，你信不信我？"戴兴华又问。

"我们？"万定邦眯起眼睛，立刻从戴兴华的话里听出了其他的意思。

"我……"戴兴华也反应过来了，但为时已晚。

"去案发现场的，不止你一个人吧？"万定邦问。

"没，没有。就我一个人。"戴兴华慌忙解释道。

"不对，你刚才明明说了'我们'。"万定邦紧咬不放。

"没有，你听错了。"

"我听错了？"万定邦又回头去看王康，"你有没有听见他刚才说'我们'？"

"有。"王康点头。

"录音录下来了吗？"

"录下来了。"

万定邦重新将视线落在戴兴华的脸上，神色略显凝重。

"戴先生，我跟你讲，你知道李康胜是个什么人物吗？这是一起大案，你别以为自己一个人可以扛下来，知道吗？如果你没犯罪，或者只是辅助犯罪，那么还有回旋的余地。我希望你听得懂我说的话。我最后问你一遍,和你一同去李康胜办公室的人是谁,以及你为什么要去李康胜的办公室。"

"就我一个,没别人。"戴兴华也用无畏的眼神回瞪万定邦。

"行!"万定邦伸出手掌,轻轻拍打着戴兴华的椅背,"你以为你不说,我就挖不出你的同伙是吧?你真当技侦是摆设啊!"

2

吃过午饭,万定邦正准备下楼买烟,忽然手机铃声大作,是乔俊烈打来的。

"喂,你小子准备什么时候回来?"万定邦接起电话,劈头就问。

距乔俊烈离开川东市、前往重庆,已过了好几天,但这些日子他都没主动和万定邦联系过,万定邦发过去的微信,他也都回复得十分敷衍。不过万定邦还是决定相信他。

"顺利的话,明天早上我就能回警队。"乔俊烈答道。

"你动作快点啊,队里的兄弟都快忙疯了!"

"我知道。"乔俊烈犹豫了片刻,继续说道,"邦哥,有个人可能要托你去查一下。"

"什么事?"

"和李康胜的案子有关。"随后,乔俊烈报了一个名字。

万定邦记下了那个名字。"等有消息了就告诉你。"

"多谢邦哥!"

"谢什么谢,大家都是警察,都为了早日破案。好了,不跟你多废话了,我待会儿还有事。明天见。"

"好,明天见。"

万定邦挂了电话，心里默念了一遍那个名字，一个女人的名字。

她和李康胜的案子有什么关系，乔俊烈没有多做解释，但可以肯定的是，此人一定是这次案件的关键，回头得好好查一下。

万定邦买完烟，回到审讯室门口的时候，韦朝辉已经候在那儿了。他靠在墙上，正在刷着手机，见万定邦走来，忙将身子立正。

"请来了？"万定邦问。

"在里面坐着呢。"韦朝辉答道。

"先让他坐一会儿，冷静冷静。"万定邦点燃一支烟，吞云吐雾起来。

由于戴兴华的口误，万定邦顺藤摸瓜，诈出了他还有同伙的信息，随后通过追查戴兴华手机通话记录，找到了另外两位嫌疑人——钱志国和徐述圣。

这两人和戴兴华是公园的棋友，都酷爱下围棋，也认识了好多年。钱志国曾是川东人民医院内科大夫，而徐述圣则是川东中学的数学老师，两人均已退休。如果不是下棋，他们俩和戴兴华这种人根本不可能认识，更别说成为朋友了。

但问题在于，这三个人为何要合伙一起杀死李康胜呢？从人物关系上来看，除了钱志国是李康胜养老院的住户外，徐述圣与戴兴华和李康胜半毛钱的关系都没有。万定邦想到这里，狠狠地抽了一口烟——不论付出多大代价，他也一定要找出其中的联系。

抽完烟，万定邦和韦朝辉一起进了审讯室，钱志国孤零零地坐在屋子里等着，由于钱志国低着头，看不清他脸上是何表情。万定邦坐下，轻咳一声，也不知是抽烟导致的嗓子不适，还是故意提醒钱志国，问询即将开始了。

"你是钱志国吧?"万定邦先开了口。

"是的。"钱志国回道。

他还是没有抬头,但仅从声音上听,就能感觉到他内心充满了不安。和倔强的戴兴华比起来,万定邦更喜欢这样的嫌疑人。

"认识戴兴华?"

"认识。"

"你们什么关系?"

"普通朋友。"

"普通朋友?"万定邦冷笑,"我看关系不普通吧?"

"就是经常在公园下下棋的关系。"

"所以也经常聚会吃饭?"

听到这句话,钱志国先愣了一下,随即抬起头。"偶尔聚聚,也不多。"

"你以前是个医生啊?"

"对,在川东人民医院工作。"

"当医生好啊,救死扶伤。"万定邦漫不经心地翻着桌上的资料。

钱志国不知怎么接话,就只能苦笑着点点头。

"知道我们今天找你来是什么事吗?"韦朝辉突然问道。

"我……不知道。"

钱志国又低下了头。他很紧张,双手十指狠狠地交握在一起。

万定邦将手里的资料合起,平放在桌上,手臂压在上面。"你再想想。我们不会无缘无故抓人,一旦找你来,说明我们手里已经有了证据,所以还是那八个字——坦白从宽,抗拒从严。希望你配合我们调查。哦,对了,调查什么你还不知道对吧?我可以给你透露一点:有人被杀了。怎么样,现在有印象了吗?"

万定邦说话时一直死死盯着钱志国的双眼。像他这种资历的老刑警，光靠眼神就能让人感到心神不宁。何况钱志国这种一辈子都没进过警局的老实人？

"我真不知道。"钱志国的语速开始变快。

万定邦笑了起来，转头对身边的韦朝辉道："你看他，还嘴硬呢！他都不知道戴兴华什么都招了，就是为了能够少判几年。"

韦朝辉立刻会意，配合道："那就没办法了，这世界上就是有人比较聪明，有人比较笨。"

钱志国胆子虽小，但人却不傻，从前他在书上也读过关于"囚徒困境"的文章。但人这种动物，归根结底还是容易被情绪左右。尤其是在这种高压下，除非是受过某些训练的人，或者是像戴兴华这种经常进警局的老油条，不然精神很容易崩溃。精神一旦崩溃，人就会放弃抵抗，选择交代已知的一切。

钱志国现在就明白了一个道理，这个世界上很多事，只有亲身经历过才会了解。

"既然他不愿意交代，我看就算了吧？"韦朝辉伸了个懒腰，"反正以我们现在手里的证据，也够他们受得了。"

万定邦摇了摇头。"话也不能这么说，你瞧见没有，一个个都上了年纪，监狱里那种环境怎么吃得消？你以为牢饭这么好吃？戴罪立功的机会还是要给的，就看他识不识趣了。"

"邦哥，你知道你的缺点是什么吗？"韦朝辉问道。

"不知道。"

"就是太善良。"

万定邦笑着摆摆手。"当了那么多年人民警察，不就是替人民解决问题吗？这不能叫善良，这叫职业操守！"

他们两人你一言我一语地"唱戏"，但这种对话，无形中给了钱志国极大的压力。如果手里没有足够的线索，怎么会查到他的身上？而且一开口就知道是杀人案？！

钱志国平时也会关注法制节目，许多案件一点线索都没，还不照样给破了？现在的刑侦手段，比从前不知道强了多少倍，就凭他们三个老头，还真能瞒天过海？

钱志国越想越不对劲儿，越想越绝望。

如果此时徐述圣在他身边，他的情绪可能还会稳定一点，毕竟当时觉得出了任何事，都有三个人担着，自己这边的压力也会分担出去。此时孤身一人面对川东市整个刑侦队，钱志国顿时怂了。此刻他能一句一句地答上话，已耗费了所有精力，哪儿还有脑子去编故事呢？

万定邦从警那么多年，见惯了各式各样的罪犯，看人可准了。他第一眼就知道这钱志国和戴兴华不同，根本不是一种人。钱志国身上没有匪气，平日里估计也老实巴交的，至于他为何会参与李康胜的谋杀案，多半是头脑一热被怂恿了，也许也就是个在旁边望风的同伙，下手的人大概率不是他。不过既然逮到这样好的机会，不趁机诈一诈他怎么行？

"我再最后给你五分钟，如果你坚决不说，那我们也没办法，将来要怪就怪自己。"

万定邦对钱志国说这话时收起了笑脸，这也是一种示威。

天人交战——便是此刻钱志国的感受。

过了不到一分钟，韦朝辉就起身走出了审讯室，独留万定邦一人在场。

"算了。"万定邦叹出一口气，"我也不勉强你。"说罢便站起身，将桌上的资料夹在腋下，准备推门而出。

然而就在此刻，钱志国出声了。

"能少判几年？"

万定邦转过身，对钱志国道："那得看你坦白的程度了。"

"我什么都说！把所有的事都告诉你，我们能少判几年？"

仿佛换了一个人般，此时钱志国的脸上已露出了疲态，整个人像是用一种乞求的姿态在面对万定邦。

"你积极配合我们调查，我们也会积极向法官求情。你尽管放心，我以我的名誉担保，绝对不会对你们置之不理。"万定邦没有回到座位，而是来到钱志国面前，弯下身子，使视线与钱志国的持平，"所以请你告诉我，案发那天的真相。"

"我……"钱志国不敢直视万定邦的眼睛，低头看着地板，"我们三个一起动的手。"

"一起动手？"

万定邦没明白。

因为根据尸检报告，李康胜的死因是锐器导致的心脏损伤，也就是一刀毙命。这一刀毙命的事，怎么"一起"动手？

"对，我们三个人都参与了。"

——三个人？！

万定邦的神经紧张起来，他隐隐感到钱志国将要说出的事与自己预想的会完全不同！

"所以……你们一起杀了他？"

在未掌握所有信息的情况下，万定邦只能采取诱导式的问话方式。

"嗯。"

"你们三个人为什么要杀他？动机是什么？"

"就是想帮个忙。那小子实在太可恨了，放任他这样下去，迟早把他妈打死！"钱志国痛苦地摘下眼镜，用右手捂住半张脸,"真的是想帮帮她……所以我们才一起把她儿子高俊龙给杀了。"

——高俊龙是他们杀的?!

听到这里,万定邦彻底傻眼了。

3

"整件事情的经过就是这样,我们真的没有杀李康胜。我能不能喝点水?"

徐述圣感到口有点渴。也很正常,任何人讲超过两个小时的话,都会感到口渴。

万定邦走出审讯室,拿一次性纸杯去给徐述圣接水。他也趁着这个间隙,好好消化刚才听到的话。加上徐述圣刚才的叙述,他们三个人的说法并没有太大的出入,但也不能排除串供的可能性。只是整个案件太过奇特,让万定邦没有真实感。

原本相约自杀的三个老头,临死之前为了解救一直被儿子虐待的养老院护工,决定帮她杀死她的儿子?结果犯罪过程被另一个人拍下照片,随即这个人又拿着照片威胁三个老头,让老头们替他去杀一个慈善家?结果三人准备行凶时,这位慈善家却已被其他人杀死。

电影剧本也不敢这么写!

万定邦来到饮水机前,按下出水按钮,看着温水从出水口流出。清澈的水流垂直注入纸杯,发出一阵潺潺水声。

如果他们撒谎呢?

假设高俊龙和李康胜都是他们三人所杀,那么他们为何要承认高俊龙的案子,却否认李康胜的案子呢?如果理由是少担一条命可以减刑，为什么不连高俊龙的案件一起否定掉？而这起案件之所以能够关联到他们身上，也是因为钱志国的口误。况且高俊龙和李康胜，一个是长期蜗居在家的废宅，一个是在川东市颇有影响力的慈善家，完全风马牛不相及的两人，完全没有共同点。

最主要的是找不到动机。

即便警方相信他们杀死高俊龙的理由——是想帮助曹月娥摆脱儿子的虐待，也无法解释他们对李康胜的恨意从何而来。根据刑侦队其他同事的走访排查，没有任何关于钱志国与李康胜有矛盾的传闻。钱志国尚且如此，更别提徐述圣与戴兴华了，若不是钱志国，他们两人估计都不会踏进乐福园养老院一步。

万定邦忽然感觉手掌传来一股温暖的热流，他低头一看，才发现纸杯里的水已经溢出来了。他低骂一声，忙关掉出水按钮，将满杯的温水朝边上的水桶里倒去了一半。幸好没有溅到裤子上，只是皮鞋的鞋尖上沾到点儿水，问题也不大。

他拿着水杯回到审讯室，递给徐述圣，眼看着他一口气把杯里的水喝完。

"还需要吗？"万定邦问他。

徐述圣摇了摇头。"等会儿再喝吧，喝多了想撒尿。"

"要不我们继续？"

"我所知道的都已经交代了，真的没了。"

徐述圣说话的语气不同于戴兴华的暴躁和钱志国的唯唯诺诺，而是流露着一股从容与淡定。他坐在这里，并不像是在被问询，更像是在与客户商讨合作项目。万定邦虽见过不少嫌犯，但有徐述圣这种气度的，着实不多见。

"我再确认一件事。"万定邦看着徐述圣说道，"你们到达李康胜办公室的时候，确定他已经死了吗？"

徐述圣想了一会儿，摇摇头。"我不敢确定。"

"为什么这么说？"

"毕竟我没有上前检查过。"

"好的。"

万定邦双手抱臂，若有所思。

"我还想起一件事。"徐述圣突然道。

"什么事？"

"李康胜在养老院里，好像有三个仇人。"

"你是说吴建斌、杜辉和赵立坤吗？"

"是的。"

"李康胜死的时候，他们都有不在场证明。"万定邦很快答道，"他们三个，警方很早就做了调查，也去核实过了，基本上没有问题。"

徐述圣不说话了。

万定邦转过身，对坐着的韦朝辉道："乔俊烈怎么还没来？"

按理说他昨晚就该从重庆回到川东了，但直到现在——第二天下午五点半，还没有他的消息。这让万定邦感到很不安。

"邦哥，乔队没和你说吗？"

韦朝辉的话让万定邦很意外，他忙问："说什么？"

"乔队和王康去了至尊国际。"

"什么国际？"

"就是一家夜总会。"韦朝辉补充道。

万定邦愣了愣。"他们去夜总会干吗？还有，乔俊烈什么时候和王康混在一起了？"

"乔队没说，好像是去找一个人。至于王康，好像早就和乔队通过电话，两个人早就冰释前嫌啦！其实在此之前，我们并不知道乔队是一个什么样的人，但是听重庆那边同仁的反馈，都是一片褒奖。后来，我们也读了不少乔队的英雄事迹，唉，王康看了当然是自愧不如，那还有什么好说的，认他了呗！"

怪不得最近王康对乔俊烈的态度有这么大的变化。其实不止王康，整个刑侦队对他都变得友善了许多。但眼下最重要的并不是警队内部的友谊，而是乔俊烈回到川东，马不停蹄地跑去什么至尊国际夜总会做什么？说是要找一个人，找什么人？这人难道和李康胜的案子有很大的关联？为什么找王康而不是自己？

"小韦，这里你看一下，我去找他们。"

"可是……"

还未等韦朝辉答应，万定邦就摔门而出。

他心里实在有太多问题，等着乔俊烈来替他解答。

万定邦用地图导航搜到了至尊国际的位置，在华龙区的胜利路，不堵的话，半小时车程就能到。

一路上，万定邦一直在思考徐述圣等人的供述。

万定邦反复询问，徐述圣给出的答案都很完美，前后逻辑也很吻合，并没有出现前后不一的情况。这只有两种可能。

要么徐述圣将证词背得滚瓜烂熟，要么他所说的一切都是事实。

因为即使在某些细节上面，他的叙述与现场得到的物证也都高度符合，比如在给李康胜办公室做现场勘查的时候，侦查员确实在地板上发现了被刀尖刺过的痕迹，这与徐述圣供述的戴兴华由于过度惊吓失手将水果刀掉在地上的内容一致。

如果他所说的都是事实，那么杀死李康胜的人又是谁？

排除与李康胜结下梁子的吴建斌、杜辉和赵立坤，又排除受威胁试图谋杀他的徐述圣、钱志国和戴兴华，整个乐福园养老院似乎没人会对李康胜这样的大善人怀恨在心。没有仇人，就没有嫌疑人，这对于侦破工作十分不利。

如此一来，案件要大白于天下，恐怕还需要很长一段时间。

这让万定邦感到头疼。

4

万定邦到达至尊国际夜总会的时间是下午六点二十分。

他将警车停在离夜总会稍远的地方，然后走过去。这家夜总会的门面非常气派，门口还竖着几根罗马柱，是欧式建筑形式，但具体是哪个国家的风格，万定邦说不上来。他在外张望了一会儿，便大步朝里走去。

推开大门，内部空间很大，大厅灯火通明，装修也极尽奢华。这时，有个身穿深蓝色制服的女孩迎了上来，对他道："先生，有预定吗？"

万定邦没穿制服，所以她并不知道眼前的这个男人是个警察。

"我找人。"万定邦当下便取出手机，打给乔俊烈。

电话响了几声后，那边传来了他的声音。

"你在哪个房间？"他开口就问。

"什么哪个房间？"

"就是至尊国际夜总会，我也来了，你和王康人呢？"

"你怎么来了？"

"妈的，别跟我废话，告诉我你的具体位置！"万定邦有些不耐烦了。

"我们在夜总会对面的蓝鸟咖啡馆呢，你如果要来的话……"

乔俊烈话到一半，就被万定邦给挂了。

蓝鸟咖啡馆就在至尊国际夜总会的斜对面，走过去只需要一分钟。推开咖啡馆的玻璃门，万定邦一眼就瞧见了乔俊烈和王康。他们俩并肩坐在一起，对面是一位留着披肩长发的女子，由于背对着他，万定邦无法看清女子的面目。

乔俊烈也看见了万定邦，朝他招了招手。"邦哥，这里。"

循着乔俊烈挥手的方向，那位背对万定邦的女子，也徐徐转过头来。

那是一个极为靓丽的女子，她长着一张标准鹅蛋脸和一双充满魅力的杏眼，皮肤白到在灯光下发着光。但是脸上厚重的妆容使她略显庸俗。

万定邦走到他们桌边，拖过一把椅子坐下。这时服务员迎上来，问他需要点什么饮料，乔俊烈替他做了决定。"拿铁就可以。"

服务员走后，万定邦对乔俊烈道："这是什么情况？"

谁知乔俊烈并没有回答他的问题，反而对那位美女笑着说："感谢您的帮助，我们的问题都已经问完了。"

"那我可以走了吗？"女子问道。

"当然可以。"乔俊烈脸上依然挂着笑容。

"谢谢。"

仿佛忍耐了好久般，女子拿起手边的名牌手提包，头也不回地就走了出去。可以看出，若不是因为这两位警察的身份，这个地方她一秒钟也不想多待。

等她走远后，乔俊烈才对万定邦道："邦哥，你还真是心急，我本来打算和王康回到队里，再和你说今天的事。"王康在一旁点头附和。

万定邦板起脸道："你们来这里调查什么？怎么不早点儿和

我说？要不是韦朝辉说漏了嘴，我都不知道这件事。"

"你不是在忙着审讯三个嫌疑人嘛，我想这次的调查就先不麻烦你了，就让王康陪我。反正调查的结果，早晚会和你说的。"

"好，我们不说这个。你们来这种地方查什么？"

"因为我在重庆得到了一些情报。"

"什么情报？"万定邦好奇地问道。

王康抢先说道："乔队，你先和邦哥讲一讲你的推理呗！"

"什么推理？"万定邦又问。

"就是关于李康胜案子的真凶啊，乔队心里已经有怀疑的对象了，这次来找杨青青——就是刚才那个女的，也是为了确定一下这件事。"

万定邦挠了挠头皮，困惑地说道："等等，你们等等，我怎么一句话都听不懂呢？乔俊烈，这到底是怎么回事，你从头给我说一遍。"

"我先给你说我对李康胜案子的推理吧。"乔俊烈清了清喉咙，"其实我在重庆这几天，王康一直和我保持着联系。所以这些天嫌疑人录的口供，王康也都转达给了我，包括一些细节，也都和队里的弟兄们同步掌握了。邦哥，至于为什么不联系你，主要是怕你最近工作太累，不愿意加重你的压力，所以呢，你也别生气。"

"我不生气，你继续说。"万定邦还是沉着脸。

"邦哥，你还记得吗？我们发现李康胜白衬衫外侧，几乎没有血迹。"

万定邦点头。"所以你当时认为，李康胜自己的衬衫被凶手带走，然后凶手把自己的衣服给李康胜换上了。"

"对，至于为什么要把自己的衬衫给李康胜换上，是因为如果只是单纯的取走衣服,更会让人起疑。那天现场的窗户都开着,温度很低,单穿一件汗衫的话太冷了。那么问题来了,凶手为什么要把自己的衬衫与李康胜的衬衫做调换呢?"

"为什么?"

万定邦发现自己问完后,王康在一旁笑。不过他并不在意。

"因为凶手如果不带走李康胜的衣服,那么自己就有可能暴露。这个思路怎么样?"

"暴露?"万定邦恍然大悟,"我明白了,这件衣服上,留有他的证据!"

"不愧是邦哥!没错!"

"难道留下了凶手的血迹?"

"我觉得不是血迹。因为我们在现场并没有发现搏斗的痕迹,尸检报告上也没有发现李康胜的指甲缝中有别人的皮屑或 DNA,所以我更倾向于认为是另一种东西。凶手在用水果刀刺杀李康胜的同时,在李康胜的衬衫上留下了一种痕迹,而这种痕迹,可以直接暴露他的真实身份!是什么东西,邦哥你不妨猜上一猜。"

万定邦低着头想了半天,最后还是放弃了。"猜不到,你说是什么?"

"你还记得钱志国的口供吗?"

"记得啊。"

"在案发的第二天,他和徐述圣、戴兴华正在自己的房间里商量对策,这时候来了一个人,是不是?"

"是住在钱志国隔壁的老刘吗?"

"你记性还不算太差。钱志国说起老刘时,提到了一个细节。"

"细节?"万定邦还是有点莫名其妙。

"老刘名叫刘文德，今年六十八岁，一头白发。这是钱志国最早介绍老刘时候说的，然而在谈到李康胜被杀的第二天，老刘再次进入房间时，却说他是漆黑的头发。"

"染发剂！"

万定邦重重地拍打了一下桌子，引得四周的顾客纷纷侧目。

"没错，就是染发剂！根据王康的调查，刘文德是在李康胜被杀的那天晚上染了发，而替他染发的人是一个名叫曹小妹的阿姨，那天正好多出半罐染发剂，她就来到刘文德的屋子里，自作主张地替他染发。起初刘文德极力推辞，最后实在是盛情难却，便接受了。"

连连摇头，"钱志国说刘文德搜得的那件衬衫是L码，与刘价格不菲，是从美国买的，一样的人，有这种消费能力和购买

。"乔俊烈打断万定邦道。

发现死者李康胜身上那件衬衫

是因为衬衫袖子太长，刘文德在下的痕迹。"

人的衣服，都是子女穿剩下的。口袖口处其实已经磨损得很厉害备丢弃时，被他捡来继续穿的。

关于这点，王康也询问过不少乐福园养老院的人，他们都表示刘文德很多衣服都不合身，大多都是捡儿子不要的衣服穿。当然，这也只是推理。我怀疑他，最重要的还是他有杀人动机。"

"他儿子现在在哪儿？"

"刘文德吗？他的儿子在美国工作。"

"为什么不把父亲接去美国？"

"这还用问吗？嘴上说是父亲在中国待惯了，不愿意离开，实际上就是不太愿意承担照顾父母的责任。中国有句老话，久病床前无孝子，就是这个道理。"

万定邦长叹一声，又问："那刘文德杀李康胜的动机是什么？"

"情感纠纷。"

"和谁的情感纠纷？"万定邦又问。

乔俊烈指了指咖啡馆的大门。"就是刚才从这里走出去的那位小姐。"

万定邦听了，瞪大双眼。"刚才的美女？你没开玩笑吧？"

"我怎么会拿这种事开玩笑？我这次去重庆调查李康胜，恰巧也收获了刘文德的犯罪动机。这么说吧，我之前在重庆刑侦队一起工作的同事告诉我，近期李康胜身边一直有一位名叫杨青青的女士，陪同他往返重庆与川东两地，这位女士并不是他的妻子，两人却在酒店里同开一间房。我让王康替我查了查这位杨青青，最后竟发现她是至尊国际夜总会的小姐。"

"杨青青是李康胜的情妇？"

万定邦有点惊讶。因为李康胜在公众面前表现出来的，完全是一副不近女色、只醉心公益事业的模样。如果事情属实，只能说他演技实在太好。

"是不是情妇不好说,反正两人肯定发生过性关系,而且是在这家夜总会认识的。"

"那和刘文德有什么关系?看他的样子,在夜总会也消费不起。"

"刘文德确实没什么钱,但也不代表他和杨青青不会发生关联。刚才杨青青对我们说的,就是她与刘文德、李康胜相识的过程。"

就在这个时候,咖啡馆的服务员为万定邦端来了一杯拿铁。

第十章

1

杨青青生于川东市郊的农村，由于家境贫寒，父母为了维持生计，很早就去了外地打工，把她交给祖父祖母带。祖父在她五岁的时候就去世了，所以严格来说，她是祖母一手带大的。杨青青并不是独生子女，她还有个弟弟，而正因为这个弟弟的存在，让她的童年蒙上了一层阴影。

祖母是个传统的农村妇女，目不识丁，没有文化，并且重男轻女。在她弟弟出生之后，祖母基本上都不太管这个孙女，有好吃的、好玩的，第一个总想到孙子。用她的话来说，女娃大了都是要嫁人的，嫁出去就是别家的人，孙子不一样，是自己人。

尽管父母外出打工，每个月往家里寄的那点钱仅够糊口，日子也是紧巴巴的。

在杨青青读小学三年级那年，她的母亲有了外遇。外遇对象是母亲所在工厂的车间主任，平日里对她也是照顾有加，加上杨青青的父亲和母亲并不在同一座城市，所以这些年感情也淡了许多。离婚之后，杨青青的母亲就不怎么回家探望她和弟弟了。起初，逢年过节还会带她和弟弟去看场电影、吃顿饭，甚至还会送他们小礼物。但时日一久，母亲开始不接她的电话了，好像是因为现任丈夫不太喜欢母亲和从前的孩子还有联系。最后，就连过年的时候，他们也收不到母亲的问候了。

没了母亲的杨青青在她上初中那年，第一次见到后妈。杨青青至今都没搞清楚这个女人是哪里人，听口音像是北方人，但究竟是哪个省份,父亲都没解释过。因为她的父亲不喜欢说话,而且还怕老婆。从那之后,整个家的财政大权,几乎都掌握在她后妈手中。后妈发起火来十分厉害,连祖母都不敢搭腔,父亲更是连屁都不敢放一个。于是,父亲回家后,杨青青的日子非但没有变好,还感觉比之前更苦了。

对了,祖母不喜欢后妈,还有一个理由——她生不出娃。

初中毕业后,她就没再上过学,原因是家里没钱。后妈和父亲商量,送杨青青出去打几年工,给自己挣点嫁妆,到了差不多的年纪,就回来结婚。父亲听了,觉得也有道理,家里少一个人吃饭,负担也轻些,于是便向同村人打听,有没有合适的路子给女儿介绍一份工作。

正巧父亲有个朋友在川东市开出租车,认识一家餐厅的老板,最近正好缺服务员,他觉得杨青青相貌还不错,可以去试试。父亲回家和杨青青说了这件事,言辞十分殷切。杨青青也不傻,知道父亲想赶自己出去赚钱,好补贴家用,当即应承了下来。其实那个时候,她心里是难受的,感觉自己好像被这个家抛弃了一样。

面试很顺利,老板娘很喜欢这位相貌出众的女孩,但就是觉得年龄太小,于是反复问她几岁。杨青青知道,要是说出真实年龄,这家餐厅一定不敢录用自己,于是就骗老板娘,说自己已经十八岁了。为此,她还在网上买了一张假的身份证。通过面试后,杨青青就开始在这家餐厅工作,因为相貌好,主要负责迎宾和点菜。

工资虽然不高,但店里包吃包住,省去了租房的费用,剩下的也够自己花销,逢年过节,还能给父亲寄一点回去。就这样,杨青青在这家店一干就是两年。

这两年间,杨青青也有了极大的变化。来到川东市后,饭店里的小姐妹带她开了眼界,平时她们也会一起逛逛商场,买点好看的衣服。此外,随着年龄的增长,杨青青也变得越来越漂亮。世界上没有不爱美的女人,杨青青也开始学习化妆和穿衣打扮,气质上也与从前那个土里土气的农村女孩不一样了。

如果说两年前的她只是一朵含苞待放的玫瑰,如今的玫瑰花已彻底盛开。

就在这个时候,发生了一件改变杨青青命运的事。

起因是新来的服务员不小心将一盘炒菜弄翻在一位女顾客身上,那天正巧老板娘不在,杨青青只得硬着头皮去道歉。那女顾客正和几位小姐妹在包厢里吃饭,遇到这种事情,她也是满脸愁容。她年纪大约四十上下,打扮十分精致,杨青青心想这种顾客一般都不好惹,遇到这种事,只能赔钱了事。谁知那位顾客身上穿的是一条香奈儿的裙子,价格要上万。那服务员小伙一听,吓得当场哭着跪下来,给女顾客磕头,说自己干个半年也买不起这一条裙子,求顾客放他一马。杨青青听了,也是两眼一黑,什么裙子这么贵?人家这么贵的裙子被你们弄脏了,哪里肯就这么算了?

谁知道那个女顾客竟然没打算追责,只是让这服务员小伙拿湿巾来擦一擦。杨青青忙说,要不我们给你一点钱,你去干洗店洗一下吧?女顾客笑着说,这种裙子怎么可以洗呢?弄不干净的,反正也买了有些日子了,丢了算了。杨青青听了,半天说不出话。那女顾客在杨青青身上打量了一番,问她有没有兴趣聊一聊,可否留个联系方式。杨青青一愣,心想她这样的贵妇,找一个服务员有什么好聊的?但想归想,嘴上还是立刻答应了下来。

过了两天,杨青青接到了那个女人打来的电话,对方问她什么时候有空,出来见一面,她想请杨青青吃顿饭。杨青青问是什么事,她回说见面谈比较好,这让胆小的杨青青有些为难。不过,她最后一句话还是说服了杨青青来赴约。

"你想不想挣更多的钱?"

2

她们相约的地点是位于闹市区的一家清吧。

杨青青到的时候,那个女人已等候多时了。她并不是一个人来的,身边还带了另一个年轻的女孩,女孩脸上画着浓妆,上身穿了一件黑色吊带衫。

"你好,我叫徐燕,你可以叫我燕子姐。"女人热情地和杨青青握手,顺带介绍身边的女孩给她认识,"这位是娜娜。"

"燕子姐好,娜娜你好。我叫杨青青。"杨青青还是有点拘束。

"青青啊,好名字,真好听。"徐燕嘴角含笑,缓缓点着头,仿佛在品味这个优美的名字,"对了,你想喝点什么?我帮你叫服务员。"

坐下后,杨青青点了一杯柠檬红茶。她发现徐燕和娜娜面前是两个高脚杯和一只醒酒器,她们俩开了瓶红酒。

"青青,有没有人说你长得很漂亮?"徐燕问道。

"有……有吧……"杨青青支支吾吾地说。

"有没有谈过恋爱?"

"没有。"杨青青摇摇头。

"为什么不谈恋爱呢?是不是身边的男孩子,你都看不上?"

"也不是吧,就是没感觉。"

杨青青嘴上这么说,但其实心里就是瞧不上身边的追求者。

徐燕的话让她想起了餐厅里那些毛手毛脚的顾客，一个个都恶心得要命。毕竟是少女，谈起择偶标准，那一定会想到荧幕里那些高大的帅哥，可惜在生活中杨青青从未遇到过。

"也是，爱情就是要有感觉才行。"

"嗯。"杨青青点点头。

正好服务员送来柠檬红茶，她忙低头喝饮料，以此来缓解空气中弥漫的尴尬。

"你现在一个月能挣多少？"徐燕又问。

"三千五。"

杨青青听见徐燕身边那位叫娜娜的女孩笑出了声。

徐燕立刻回过头瞪了她一眼，然后转头对杨青青道："还算不错。那么，你有没有换工作的打算呢？"

"目前还没有，老板娘对我挺好的。"杨青青顿了顿，终于还是说出了实话，"就算我想换个工资高点儿的工作，我的学历不行，又没工作经验，谁愿意用我呢？"

"你什么学历？"

杨青青小声道："初中。"

徐燕先是沉默了一会儿，随即又笑了起来。"赚钱这件事，和学历没什么关系。"

见杨青青没听明白，徐燕进一步解释说："其实我一直说，女人赚钱不难，就看你是不是开窍，尤其是像你这么漂亮的女孩。只要你放下脸，将来在这座城市买车买房，都不是问题。而且也不用像那些傍大款的女人一样，整天看男人的脸色度日，哪天人老色衰，就被一脚踢掉。所以啊，女人最重要还是自己有钱。"

"燕子姐，我听不懂你在说什么……"

其实杨青青听懂了一部分，但她不敢肯定。

徐燕将醒酒器里的红酒倒入高脚杯中。"青青，你我有缘，有些话我就开门见山地说了。我是个开舞厅的，娜娜在我的舞厅工作。那天我在饭店见到你，当时就惊为天人，我想怎么这样漂亮的女孩会在饭店给人端茶送水？这能挣几个钱啊？所以这次我找你出来，是有意让你跟着我做，我们一起赚钱。"

"你是想让我做……做舞女？"

"没错，你来我这儿陪客人跳舞，挣的钱一定比你在饭店多多了。"

杨青青不懂，陪别人跳舞还可以挣钱。她试探性地问了一句："能挣多少？"

徐燕没有直接回答，只是看了一眼身边的女孩。"娜娜，你上个月赚了多少钱？"

"五万。"娜娜随口答道。

仅仅是陪客人跳舞，一个月就能挣五万？杨青青不傻，她完全不相信。

徐燕当然看出了杨青青的顾虑，于是道："你放心，我们舞厅做的都是正规生意，绝对不会叫你去当卖淫女的。你有没有听说过黑舞厅？"

杨青青摇头。

"就是明面上是找舞伴跳舞，其实就是让臭男人摸你。"娜娜这句话说得很直白，从她的语气可以感受到，她并不把这当回事。

后来杨青青才知道，这类舞厅提供的是软色情服务，大多都是借着跳舞的名头，实则让来这里消费的男性揩油。虽然够不上卖淫，但性质上也属于提供色情服务。

"让男人随便摸?"杨青青想想就觉得恶心。

"对啊,就是让男人摸啊。摸了也没怎么样,你又不少块肉。"娜娜见杨青青那副惊讶的样子,只是觉得好笑。

"我……我不行……"

徐燕温言道:"我不是在逼你啊,只是觉得你在那家饭店是浪费青春。女人什么最值钱?青春最值钱!你不趁着年轻多挣点钱,老了怎么办?到时候你想让男人在你身上花钱,都没人愿意了。你自己好好想想。"

杨青青不停摇头。"对不起,燕子姐,我真的不行。我……我还没谈过恋爱呢!"

"恋爱?哼!"娜娜又是一声冷笑,"世上所有的男人都不是好东西,什么恋爱,他们只是想不花钱地睡你!与其如此,不如找肯在我们身上花钱的。"

娜娜话音刚落,徐燕马上接过话头。"其实你可以先了解一下这行,并没有你想象中那么难。正如我之前所说的,女人赚钱不难,就看你是不是开窍。"

出卖自己的身体,这叫开窍?杨青青无法理解这种扭曲的价值观。

"对不起,我还是……"

"装什么清高!"

娜娜忽然提高音量,吓了杨青青一跳。

这一次,徐燕没有阻止娜娜。她继续道:"每个人都有个价格,有的人价高,有的人价低。别和我扯什么尊严。我给你一百万,让你吃了地上的蟑螂,你吃吗?不吃是吧?一千万,一个亿呢?十个亿,一百个亿呢?尊严是什么,美女,你告诉我?你不知道吧,那好,我来告诉你。尊严就是有钱,有钱才有尊严。"

这种言论杨青青从未听过。不过最后两句话，对她来说，振聋发聩。

从小到大，她之所以这么艰苦，就是因为穷。初中毕业之后没能继续读书，也是因为穷。父亲在她十几岁的时候赶她出家门，来川东市打工讨生活，还是因为穷。她见过太多和她年龄相仿的女孩，坐在豪车里，享受着父母的爱，而她却要在这个年龄孤独地面对世界。

而一切的一切，根源就在于贫穷。

她要改变自己，她要有钱，要活得有尊严，就不能止步于此。她必须超越自己。

3

结果来舞厅工作的第一天，杨青青就后悔了。

这里和她脑海中想象的样子，简直天差地别。在大约两百平方米的空间里，塞满了各式各样的人。舞女们化着浓妆，着装暴露，身上飘着劣质香水的气味，摇首弄姿地招揽舞伴，年纪从二十出头到五十几岁都有。顾客多数都是年纪在五十岁以上的老男人，其中大部分看上去都不堪入目，或是身材走形，或是满口黄牙，浑身都是烟酒味。

来光顾这种黑舞厅的，大多是口袋里没几个钱的退休老人。顾客的档次决定了这里的基调，与那种高档的夜总会或者酒吧不同。

音响里放着流行歌曲，舞池里的人们随着节奏摇摆身体，由于光线太弱，一眼望去尽是黑漆漆的一片。杨青青站在门口，进退维谷。听娜娜说,在这里陪男人跳一首歌的时间,可以挣三十元,可还别嫌这三十少,一首歌三分钟,如果运气不错,一天赚个两千不是问题。

来来往往的人群中,身穿黑色T恤、带着金项链的光头男子注意到了杨青青。

"美女,跳一个呗?"光头男子不等杨青青回答,一把搂过她的腰,将她带到舞池中央。

杨青青感到要窒息了,她完全没能做出反应,整个人都是僵硬的。

她的身体被男人紧紧抱住,这是她头一回和异性有这样亲密的接触。突然之间,她感觉很委屈,眼泪流了下来。听见耳边传来了哭声,光头男子也很诧异,他松开手,看着满脸泪痕的杨青青,疑惑道:"我还没摸呢,你哭什么哭?"

杨青青双手捂着脸,情绪完全失控了。这时,娜娜不知从什么地方钻了出来,拖着杨青青的手就往舞池外走。不过没走几步,她又折返回来,在光头男子面前摊开手:"给钱。"

"给什么给!一首歌还没完呢!"光头男也觉得自己委屈。

"给!钱!"娜娜没有把手缩回去的意思。

舞池里开始有人起哄。光头男觉得没面子,就从口袋里掏出三张十元纸币。娜娜一把夺了过去,然后拖着杨青青走出了舞厅。

来到街边,娜娜将钱塞进杨青青的包里。"这是你应得的。"

"谢谢你。"杨青青拿出纸巾,擦拭泪痕,"我是不是很没用……"

"新来的都这样,尤其是你还那么年轻。不过时间长了就好,你会麻木的。"娜娜靠在路边的电线杆上,给自己点了一支烟。

杨青青缓和了一下情绪,问娜娜:"你怎么会做这一行?"

娜娜吐着烟圈回答:"当然是为了钱啦,不然呢,图这帮男人老,图他们不洗澡?"

杨青青听了,忍不住笑出声来。

"如果你实在受不了这种地方,不来也没事。燕子姐就是觉得你漂亮,可以给她多拉点客源。但她也就是一个生意人,你要是不愿意,她也没办法。我理解你,这地方破破烂烂的,里面的客人档次又低,正常女人谁愿意来,不都为了钱吗?钱难赚,屎难吃,你自己考虑吧,我先进去了。"娜娜将烟蒂随手丢在地上,用高跟鞋踩灭。

杨青青看着娜娜的背影,心想,为什么她可以做到。

别人能做到,我也可以。

她闭上眼睛,深深吸了口气。当她再次睁开眼睛的时候,便鼓足勇气朝舞厅的入口走去。犹如一个决心赴死的勇士。

果然,一周之后,她彻底麻木了。

从一开始的不适应,再到自我催眠,最后彻底无感,她只用了七天。后来,当客人开始对她上下其手的时候,杨青青甚至可以自顾自地玩着手机,仿佛这肉身已不属于自己,暂时出租给眼前这些肮脏的老头。

就这样做了一年多,杨青青遇到了一个奇怪的老头。

这老头姓刘,川东市本地人,老伴很早就过世了,儿子在美国,所以一个人生活。他说自己叫刘文德,也可以叫他老刘。杨青青也没在意,这种场合,又不检查身份证,鬼知道你说的是不是真话。他还问杨青青叫什么名字,杨青青说自己叫丽华。丽华是她在这里的"艺名"。舞厅里每个女孩都有这样的"艺名",没人会蠢到告诉对方自己的真名。

"你这样的女孩，在这里太可惜了。"老刘每次见她，都要感叹一句。

后来杨青青实在忍无可忍，便问他说："你知道男人有哪两大爱好吗？"

老刘摇摇头说不知道。

杨青青接着怼道："拉良家妇女下水，劝风尘女子从良。"

此后，老刘每周都会挑几天来找杨青青。他和别人不一样，他喜欢拖着杨青青的手坐在舞厅的角落里聊天，当然，这种聊天也是收费的，一小时三百。对舞女来说，最喜欢客人和她们计费聊天，因为不需要在舞池里不停地跳舞，同样可以挣到这份钱。

就这样维持了好几个月，有一天，老刘郑重其事地对杨青青说，自己想和她结婚。

"你这样每天在这里上班，多辛苦啊，不如和我在一起吧？我虽然现在没钱，但是我在川东市有一套属于自己的房子，我儿子在美国也用不着，等我死了，这房子就给你。"

"可是，我们的年龄相差太悬殊了吧？"

杨青青心想，你都可以当我爷爷了，真是癞蛤蟆想吃天鹅肉。

"爱情不分年龄啊！丽华，我是真的爱你，想给你正常的生活，你答应我好不好？"

面对这种老式的表白，杨青青感觉自己快要窒息了。她随便找了个借口搪塞，说就算自己愿意，父母也不会同意。但老刘没有放弃，还是坚持向杨青青表白，他觉得一次不行，就两次，总有一天，杨青青会被他的真诚所打动。

其实老刘每次来舞厅，几百几千的，开销也很大。他退休工资也就这点儿，都不够他花在杨青青身上的。而在美国的儿子，也几乎不会给他寄钱。老刘回家不舍得买菜，就会弄包榨菜就着馒头对付一顿。其实这些事，杨青青也知道，有一次还动了恻隐之心，劝他好好在家安享晚年，别老来这种地方混，自己那点钱留着买点吃的不好吗？

"丽华，除非你答应和我在一起，否则我还是会来这里找你的。"

听他这么说，杨青青也无话可说。

时间又过了半年，这期间，杨青青确实赚到了不少钱。毕竟在这家舞厅，她算是排得上号的美女，年纪又轻，她只要来舞厅上班，一天到晚几乎没有空闲的时候，邀舞者如云。

有一天，舞厅里来了个奇怪的客人。这位客人年纪三十来岁，高瘦身材，穿着一件白色衬衫，打扮得很干净。这样的客人在舞厅很少见，所以杨青青也注意到了他。

趁着杨青青去厕所的空隙，这个男人找到了她，问她愿不愿意去夜总会工作。

"我是至尊国际的公关部经理，你叫我Jerry就行，一直听说这里有一位大美女，所以今天特意来看一看。见到真人后，感觉果然不虚此行！"说着，男子从口袋里取出一张名片，递给了杨青青。

"什么国际？"

"就是做商务接待的娱乐场所的公关，很适合像您这样气质的美女。"

"公关？就是陪酒的吧？"杨青青笑着道。

"您要这么理解，也行。"名叫Jerry的男子赔笑道。

"可惜我不会喝酒。"

"会不会喝酒，并不重要。真正厉害的公关，是能操纵人心的女人，我认为这样的公关，简直就像心理学家一样。"

杨青青心想，这个Jerry应该读过几年书，否则说不出这么不要脸的话。

"你们那儿的公关，赚得多吗？"杨青青问出了她最在乎的问题。

Jerry从裤子口袋里取出手帕，擦拭了一下额头的汗水。他环视整个舞厅，脸上现出了鄙夷的神色。

"肯定比这种地方多多了。"

4

Jerry没有骗她。

来到至尊国际后，挣的钱果然比舞厅多了不少，因为赚钱的模式发生了改变。在舞厅的时候，是以时间来计费，而夜总会却不是。杨青青刚开始是坐台，拿的是一晚一两千的坐台费，但凭借她出色的外貌及优秀的交际手段，熟客渐渐多了起来。当熟客到达了一定数量后，杨青青就靠预订包房拿提成。

仅仅过了半年，她手里掌握的客户资源，就超过了一些资历老的公关，夜总会老板自然对她青睐有加。接下来的事就顺理成章，杨青青再也不用自己坐台，她辗转于各个包房敬酒，周旋于不同的顾客之间，他们有着各色各样的职业，但在杨青青眼中就是一头头肥羊。肥羊们对她求而不得，被她的一颦一笑玩弄于股掌之间。

然而，有一个人却是特殊的——他就是李康胜。

起初杨青青并不知道他是个社会名人，只知道他是个有文化有修养的中年商人。两个人聊得很投机，在众多客人中，青青还是很喜欢他的。因为不同于那些油腻的有钱人，除了炫耀自己的财富，就是聊一些低俗的话题，从酒桌聊到床上，令她鄙视。李康胜不同，喜欢和她谈论一些形而上的问题，包括人生的理想，未来的规划，以及对爱情的看法。

尤其是李康胜对女性极为尊重。

不论是和包房里的公主，还是坐台的公关，甚至连打扫卫生的阿姨，他说话都是和风细雨般，非常温柔。认识他那么久，杨青青从未见他对谁大吼大叫过。她知道，素质这个东西，是装不出来的，它深深刻入一个人的骨髓。

不久后，她发现自己爱上了李康胜。

终于有一天，杨青青借着酒劲向他表达了爱意，说甚至愿意为了他离开夜总会。

李康胜听了之后，沉默了片刻，才对她道："我也很喜欢你。你给我一点时间，等我这次的事情办好，我带你离开这里。"

他口中的"这里"，是指这座城市。

世界上最快乐的事，莫过于你喜欢的人也喜欢着你。虽然杨青青混迹夜场多年，对于男人的心思门儿清，但她毕竟还是个少女，少女总是渴望爱情的。更何况李康胜是一个她看不透的男人，与众不同。

两人好上后，杨青青回夜总会的次数也变少了，只要李康胜一有空，她总是优先陪他。后来她知道了李康胜的身份，知道他开了家养老院，主要从事公益事业，对他越发尊敬了。这段时间，可能是杨青青最快乐的日子。

不过这样的日子也没维持多久，就被刘文德打乱了。

杨青青记得那是个雨夜，吃过晚饭，李康胜开车送她回家。刚进小区，车前忽然闪出一个人影，吓得李康胜忙踩下刹车，要不是系着安全带,杨青青的额头一定会撞上挡风玻璃。

　　站在车前的是一个年逾六旬的男人,杨青青瞧着觉得面熟,想了半天才记起来。

　　"老刘,你……你这是干吗?"

　　杨青青从副驾驶座的车窗处探出头,对着正在淋雨的老刘喊道。

　　"丽华,为什么骗我!"刘文德冲着杨青青大喊。

　　这次突发的意外让李康胜十分疑惑,他把脸转向杨青青,想寻求一个答案。

　　"以前舞厅的客人。"杨青青也很尴尬,她又对着老刘道,"你小心一点啊,别站在那里,很危险的!你快回去!"

　　"我不走!"刘文德吼道。

　　李康胜轻轻拍了拍杨青青的手,对她道:"别担心,我来处理。你坐在车里不要下来。"说完便取了一把雨伞下车。

　　他走到刘文德面前,雨伞将他们两人笼罩起来,使杨青青看不清楚他们的身影。雨势渐长,雨滴狠狠地砸在地面上,使杨青青听不见他们的对话。她有点慌了。毕竟李康胜对她来说很重要,她无法任由刘文德的胡言乱语毁掉他们的关系。

　　于是杨青青不顾车外下着大雨,毅然冲下了车。她一只手提着裙子,一只手在头顶遮着雨,高跟鞋撞击地面,发出啪嗒啪嗒的声音。她跑向车前。

　　"她是我的!先来后到你懂不懂?"

　　刘文德愤怒地揪住李康胜的衣领,作势就要和他扭打。但李康胜却表现得很平和,脸上也没有生气的迹象。他对刘文德说:"你先别激动,先放手。"

　　"你先放了丽华,我才放你。"刘文德怒气冲冲地道。

"我没有强迫任何人和我在一起,她愿意跟着我,没有受到半点儿强迫。所以你现在对我这么愤怒,我实在无法理解。任何人谈恋爱,都有权分手,更何况你和她只是工作关系,你是客人,并不是她的丈夫,不论从法律上还是道义上,你都没有权力干涉她的私生活,不是吗?"

"我不管!现在你必须离开他,不然我就不放过你!"

杨青青忍不住了,对着刘文德喊道:"你神经吧!我和你有什么关系?我谈恋爱关你屁事?我几岁,你几岁?都不照照镜子,我能和你在一起吗?"

可能是没料到温柔的丽华会对他这样,刘文德愣住了,他缓缓将视线从李康胜身上转移到杨青青身上,表情也从愤怒渐渐转化为悲戚。

"丽华,你怎么这样说我,当初我们……"

"我根本不叫丽华!那是混夜场的假名,你明白了吗?那只是我的工作,陪你跳舞也好,聊天也好,只是我的工作!请你不要干涉我的生活!"

刘文德摇头。"我把一切都给了你,你怎么可以这样说呢?丽华,是不是这个家伙威胁你,强迫你和他在一起?你别怕,有我老刘在,谁都不能欺负你!"

杨青青道:"没人强迫我,和他在一起是我自愿的!我爱他!"

听到最后三个字后,刘文德松开了手,整个人颓然坐倒在地上。

"我把一切都给你了,房子也卖了,和儿子也闹翻了,结果你说你爱这个男人?丽华,你知道我在你身上花了多少钱吗?你知道我退休工资才多少?我把所有的都给了你,你为什么要这样对我？舞厅里那些女人我都瞧不上，我只看得上你，我对你这么好，你就这样回报我吗？我想不通，我想不通啊……"

刘文德这番话像是在对杨青青说，又像是对自己说。

见他这副模样，杨青青也有些难过，但她知道如果自己不冷酷一点，老刘很难对她断了念想。

"老刘，你撒泡尿看看你自己，一个退休的穷老头子，你再看看我，如花似玉的年纪，长得又好看，我干吗跟着你，你告诉我？"杨青青指着身后的李康胜，对刘文德道，"你再看看他，人家什么身价，你呢？就这辆奔驰车，你一辈子都买不起，我跟着你天天骑自行车吗？你怎么越老越糊涂了呢？我和你是不可能的，我宁愿一辈子不嫁人，也不会嫁给你这种老头子！你比我爹年纪都大，你害不害臊！"

这些话像一颗颗子弹，将刘文德的心射得千疮百孔。

"我们走！"杨青青骂完后，走到李康胜身边，钩住了他的臂弯，"请你以后别来打扰我，也别打扰我的男人。"

直到他们两人上了车，老刘还坐在地上。李康胜将汽车往后倒了几米，回到主路上。今天家是回不了了，他打算送杨青青去酒店住一晚。

刘文德见汽车往后倒车，心头一阵酸楚，竟像狗一样朝汽车爬去，嘴里不停喊："丽华，你知道我多不容易才打听到你家的地址吗？你别走啊，我哪里做得不好，你告诉我好不好？你别和这个男人好，有钱人都不是好东西，他会骗你的……"

汽车驶上主路，飞快地开走了。

刘文德趴在地上哭泣，落下的雨滴打湿了他的头发，和痛苦的眼泪混在了一起。

终于，他朝天怒吼起来。

第十一章

1

刘文德被逮捕的时候,表现得很平静,似乎知道这一定会发生。他安静地将双手交给万定邦,铐上手铐后,随着他们一起上了警车。

住在老刘隔壁的曹小妹做梦也想不到,她刚替刘文德染好头发,过了一会儿他就顶着一头未干的染发剂,跑到李康胜办公室将他杀了。其实曹小妹一直对老刘抱有好感,两人年龄相仿,也能聊到一起,本来下周她打算邀请他去杭州旅游,谁知竟出了这种事。她当然不知道刘文德的杀人动机,她猜可能是因为李康胜和老刘起过冲突。

毕竟像老刘这样生活质朴、勤俭节约的老人,能有什么坏心思呢?

归案之后,刘文德向警方坦白了自己的罪行。动机方面,基本上与杨青青供述的一致,是因爱生恨,所以他有了杀死李康胜的念头。他在养老院里散布吴建斌、杜辉和赵立坤对李康胜不满的谣言,就是为了给自己将来可能会实施的谋杀行为做铺垫。这样一来,只要警察介入调查,立刻就会把他们三人列为嫌疑对象。

那天,恰巧得知楼道里监控摄像头损坏,他感觉这是一次难得的机会,由于害怕第二天有人维修,于是决定立刻动手。

当晚,刘文德等秘书冯玥离开后,偷偷进入李康胜的办公室。李康胜抬头看见老刘,显得有些惊讶,他没想到那天拦车的老人,竟然会住进自己开的养老院。刘文德向李康胜表示,自己想和他好好谈一谈，关于杨青青的事他有话要说。李康胜没有拒绝，还起身和他握手，说希望能够化解这次的误会。谁知就在这个时候，刘文德亮出了水果刀，一刀将李康胜扎死。虽是一刀毙命，但李康胜死前挥手打到了刘文德的头，导致衬衫袖口沾上刘文德头上的染发剂。

刘文德将李康胜的尸体拖回办公椅后发现了这件事。他本想将李康胜的衬衫带走了事，无奈房间里温度实在太低，留一具穿着汗衫的尸体一定会引发警方的怀疑，他只好将自己的衣服脱下来，给尸体换上。临走时还不忘将李康胜的衬衫带走。

整个犯罪过程刘文德都交代得很详细，但唯独缺少了一环。

万定邦主动问他："关于给徐述圣的威胁信，你有什么想说的？"

"什么威胁信？"刘文德感到莫名其妙。

"就是你写给徐述圣，希望他们三个人替你去杀李康胜，否则就曝光他们罪行的那封威胁信。其中还附了两张照片。"

"没有啊，我都不认识什么徐述圣。"刘文德摇头道。

"就是钱志国的朋友。"万定邦提醒了一下。

刘文德这才反应过来，道："就是老钱的两个棋友，这个我知道，他们怎么啦？"

万定邦觉得有点不对劲。看他这样子，像是完全不知道徐述圣等人杀人的事。当然，他也有可能是在装疯卖傻。但真的有这个必要吗？

经过一小时的仔细盘问，万定邦基本上可以确定，给徐述圣送威胁信的人不是他。

这就奇怪了，不是刘文德，还能是谁？

首先可以肯定的是，送威胁信的人也想让李康胜死，同时他也掌握了徐述圣等人的犯罪事实，同时满足这两个条件的人，一定还在乐福园养老院。

养老院那么多人，这可怎么找？

而且就算抓住了，顶多算个知情不报，罪名并不重。

眼下高俊龙和李康胜两起命案，都找到了真凶，唯独寄威胁信的人是谁还不知道。王康劝万定邦不要太在意这些细节，凶手都归案了，调查就结束了。但万定邦觉得不对，只要没抓住那个寄威胁信的家伙，这次的案件就没完。对他来说，杀人案知情不报，也是大罪。万定邦还给王康打了个比方，说这种感觉就好像拉完屎没擦屁股，虽然肚子不痛了，但心里总觉得有件事没完。王康做了个呕吐的表情。

案子结束后，万定邦想找乔俊烈讨论一下，却不见他的踪影。问了包小婷才知道，乔俊烈去了趟看守所，见了三个嫌疑人。怪不得他打电话给乔俊烈时一直是忙音。

在警局忙到深夜，万定邦才回到住处，他在下午五点的时候吃了一个面包，此后就没进过食。到家后，疲劳战胜了饥饿，万定邦倒头就睡。也不知昏昏沉沉睡了多久，他忽然被手机铃声吵醒，拿起手机一看，发现是乔俊烈打来的。此时已是凌晨两点半。

"喂？"万定邦脑子还糊里糊涂。

"你在家吗？"乔俊烈问。

"不在家我还能在哪儿？我说你这么晚打电话给我干吗？"

"我今天去看守所找了他们。"

"我知道，听小婷说了。你去干吗了？"

"你想知道吗？现在出来陪我吃点东西，我就告诉你。"

万定邦感觉乔俊烈在开他的玩笑。

"小子，你疯了吧？知道我今年几岁了吗？找人吃夜宵，找年轻人去，我一个快要退休的人，还陪你熬夜？"

"那就算了,我是不会说的。"

"你透露点儿。"

"透露什么?"

"你找他们干吗去了。"

"也行,就是关于那封威胁信的事。这件事你也觉得奇怪吧?杀人凶手是刘文德,但信却不是他寄的,他应该也不知道高俊龙被杀的真相。"

"那你问出什么了吗?"万定邦来了精神,在床上坐起。

"我不是去问,我是去核实的。"

"你小子究竟还有多少事瞒着我?"

"追求效率嘛,身边带个老人多不方便!"乔俊烈说完,自己都笑了。

"别看我年纪大,教训你还是绰绰有余的。好了,不和你废话,你在哪里等我?我现在就出门。丑话说在前头,见了面你可得把事情全都给我交代了。"

"那当然,我什么时候骗过你?这样,你就在家待着,我现在打车过来,五分钟后到。"

挂了电话,万定邦用手揉了揉脸。

疲惫感还没有完全消退。

今天一整天,他脑子里都是关于那封威胁信的事。听乔俊烈的口气,似乎他已经搞清楚了寄信人的身份。这次半夜叫他出门,多半也是从其他同事口中打听到万定邦纠结此事,所以找个借口把他叫出来,替他解惑。

万定邦起身去卫生间洗了把脸。

他要让自己更清醒一些。因为困扰他一整天的谜团,马上就要解开了。

2

一张不大的桌面上，放满了牛羊肉、毛肚、酥肉、猪脑花、金针菇、生菜、鸭血、鱼丸等各色食材，桌子的中间有一口大锅，红油在里面翻滚，热气腾腾。

乔俊烈拿筷子从锅里捞起一块牛肉，沾了沾油碟，然后送进嘴里。

"好吃！"乔俊烈赞了一声，然后对万定邦道，"邦哥，你怎么不吃？"

"我看你吃就饱了。"万定邦拿起手边的冰啤酒喝了一口。

他不知道乔俊烈为什么要在大半夜吃麻辣火锅，看他这狼吞虎咽的样子，恐怕是晚饭没怎么吃饱。川东市虽然不小，但要在凌晨三点找一家营业的火锅店，也不是那么容易的事。乔俊烈在网上找了好久，才发现一家通宵营业的火锅店。

乔俊烈一坐下就开吃，自始至终没谈关于看守所的事。反正长夜漫漫，万定邦也不催，先让这饿死鬼吃饱了再说。他看着乔俊烈将桌上的食物风卷残云般吃完，甚至有点羡慕。他心想不愧是年轻人啊，胃口就是好。过了四十岁后，消化能力和代谢水平下降，他再也没有年轻时那种食量了。

吃完后，乔俊烈躺在椅子上，用纸巾擦着额头上的汗水。这出汗量，仿佛刚刚参加完一场马拉松比赛。

"吃饱了吗？要不要再给你加点儿？"万定邦故意这么说。

乔俊烈忙摆手。"不用了，真的吃不下了，再吃我得吐了。"

"那你现在能告诉我，你去看守所打听到了什么吗？那封威胁信，究竟是谁寄给徐述圣的，寄信人的目的又是什么？"

万定邦将自己面前的碗筷推到一边，进入了工作状态。

"目的？目的当然是杀死李康胜了。"乔俊烈笑嘻嘻地说道。

"废话！说重点！"

"寄信人最初的目的，其实就是要他们三个一起杀死李康胜，但出乎意料的是，李康胜竟然被刘文德杀死了。这一变故并不在他的计划里。邦哥，你作为一名老刑警，直觉应该不错吧？不如你来猜猜，这位寄信人究竟是谁？"

乔俊烈脸上闪过一丝恶作剧的表情。

"这我怎么猜得到？你知道川东市有多少人口吗？三百多万呢！"

"不，并不是让你大海捞针的意思。实际上，寄信人在我们调查的过程中，你已经见过了。但是我们从未对这个人起过疑心。"

——已经见过面了？

万定邦低下头，陷入了沉思。

首先，这个人必定和乐福园养老院有着千丝万缕的联系，其次，他对李康胜有着刻骨的仇恨，才会想要他的命，最后，这个人掌握了徐述圣、钱志国和戴兴华三人的行踪，并且掌握他们要杀死高俊龙的计划。

同时满足以上三个条件的人并不多。

万定邦第一个怀疑的人是曹月娥。她是乐福园养老院的员工，负责院内的卫生工作，满足第一个条件。她恨李康胜，也不是没这种可能，可能两人发生过矛盾，被曹月娥深深记在心里，只是她个性内向，很多事不愿意拿出来与人分享。同时她也有杀死其养子高俊龙的动机，因为高俊龙长期虐待她，所以她故意在徐、钱、戴三人面前展示她的伤势，唤起三人的正义之心。但这里有个问题，万一徐述圣、钱志国和戴兴华对她所受到的伤害不为所动呢？而且这种概率远远高过他们为她杀人的可能性。

李康胜的私人秘书冯玥呢？她满足前两个条件，却不满足最后一条。那位副院长杨磊也是，他从头至尾与徐述圣、钱志国和戴兴华没有任何交集。是的，其实最重要的一点就是寄信人能够掌握三人的动态，这样才能主导整个犯罪的走向，握住他们的把柄。那么，什么人能够掌握他们三人的心理活动呢？

根据他们三个交代，徐述圣罹患癌症、钱志国失恋、戴兴华欠下大额赌债，这是他们相约寻死的诱因。这三种情况中，钱志国身边的人最不可能，毕竟因为失恋就去寻死的还是占少数，尤其是这么一把年纪的老头。接下来就是戴兴华，不过他这种混混儿，身边也很少有人胆敢威胁他做事，因为像戴兴华这种人，发起疯来谁都无法掌控他。那么，唯一有可能的就是徐述圣身边的人了。知道他患绝症的，首先是他的主治医生，但医生不满足前两条，他和李康胜能有什么交集？

万定邦想了半天，完全没有头绪。

"我投降行不行？你告诉我，寄信人到底是谁？"

"你还没猜就放弃了？"

看乔俊烈的意思，是不接受投降，要把这个游戏玩到底。

"那我可瞎猜了？"

"我敢保证，瞎猜你都猜不着！"乔俊烈自信满满地道。

"是不是曹月娥？"万定邦先猜可能性最大的那个。

"不是。"

"那就是冯玥？"

"不是。"

"副院长杨磊？"

"不是。"

"徐述圣的主治医师？"

"也不是。"

"妈的，这也不是，那也不是，你自己究竟知不知道。难道还是……"

就在这个时候，万定邦忽然想到了一个名字——杨青青。

要论动机，她也有。她是李康胜的情人没错，假设因为刘文德捣乱，使得李康胜心生怨恨，从而开始冷落她，并萌生了与她分手的想法。这个时候的杨青青一定会用尽浑身解数去挽回，但如果她知道已无法挽回的时候，会不会对李康胜动了杀意呢？

"杨青青！"万定邦喊道。

听见这个名字，乔俊烈倒是一怔，随即反问万定邦道："即便如此，但她又如何去掌控徐述圣、钱志国和戴兴华他们三人的行为呢？"

"我们换个思路，如果是意外撞见的呢？"万定邦进一步解释道，"如果一切都是一场意外，杨青青意外撞见了他们三人实施谋杀，所以想借刀杀人……"

乔俊烈打断了他。"你觉得可能吗？一个正常人意外撞见谋杀，第一反应是报警，而不是想应该利用这三个人，去杀另一个人。更何况杨青青是怎么知道他们三个人中有人是住在乐福园养老院的？你别告诉我这也是巧合。"

万定邦摊开双手，表示投降。

"我认输，我真的猜不出是谁。"

"好吧，也不为难邦哥你了。就让我来告诉你谁是寄信人。"

"等等！"万定邦也起了疑，"为什么你小子这么肯定寄信人的身份，你有证据吗？"

"为什么这么肯定？哈哈！"乔俊烈笑了笑，露出了一排洁白的牙齿,"因为是他自己告诉我的!"

"是谁?"话到此处,万定邦隐约猜到了真相,但这个真相实在太过离奇了,电影都不敢这么拍。

"寄信人就是徐述圣自己。"

3

"自己威胁自己?"

乔俊烈的回答让万定邦很是震惊。

"没错,那些照片就是徐述圣自己拍摄的。他赶在他们来到曹月娥家之前,先去了对面废弃大楼里找到合适的拍摄位置,架好相机或者摄像机,定时启动就行了。这很容易做到,所以我不认为他找了别人帮忙。"

"可是他为什么要威胁自己,疯了吗?"万定邦不理解。

"如果这个世界上有人最想弄死李康胜,那非徐述圣莫属。"

"李康胜哪儿招惹到他了?"

万定邦不明白一个中学数学老师和一个慈善家之间能有什么关联。

"要寻找凶手的杀人动机,不能只看表象。从表面上看,徐述圣和李康胜这两人,在生活中就像是两条平行线,永远没有交汇的可能,但如果深挖一层,你就会发现问题所在了。"

"你是从什么时候觉得徐述圣有问题?"

"去到重庆之后。"乔俊烈道。

"展开说说。"

"最开始是我在重庆的前同事看到新闻,知道李康胜死在了川东市,然后警队的同事就对她说,李康胜和多年之前的一起案件也有关联。我的前同事心想这个消息或许可以帮到我,于是便联系了我,让我去一趟重庆。我到那边之后,意外发现李康胜曾多次携一个女子出席各种场合,包括还一起开房,于是我便托人调出了女子的资料,就是此前我们见过的杨青青,后面的事你也都知道了。"

乔俊烈说到这儿,感到有点口渴,又吩咐伙计拿三瓶冰啤酒来。

"看来杨青青才是你的意外发现。"

"没错。"乔俊烈又继续道,"这算是一次惊喜,不过更重要的是李康胜曾在重庆发生过什么事。不查不知道,一查真的吓傻了眼,竟是一起谋杀案。李康胜这样的大好人,怎么会和谋杀案扯上关系,而且还是主要的嫌疑人!这案子当时不在我的辖区,所以我都没怎么听说过,于是我便请了当时负责调查这起案件的刑警老吴来给我讲讲。"

"究竟是什么样的案子?和徐述圣又有什么关系?"万定邦问道。

"关系可大着呢!被害人的名字叫徐逸,是徐述圣的儿子!"

"竟然有这种事!"万定邦攥紧了拳头。他知道徐述圣的妻儿都已经死了,但从未听说他的儿子竟然死于谋杀。他也是个父亲,自然知道这种事对中年男人的打击。这种打击往往是致命的。他自忖如果遇到和徐述圣一样的事,恐怕会自杀。不,如果是自己遇到,在死之前一定会亲手抓住凶手,然后——宰了他!

"刚听到这个消息,我也很惊讶。老吴告诉我,徐逸在西南大学毕业后就留在重庆找工作,几番面试后,他选择了李康胜的公司。因为当时李康胜在重庆做过一个项目,叫'以房养老',你有没有听说过?"

"好像有听人说起过。"万定邦有点模糊的印象。

"你也知道，近年来，随着老龄化进程的加快，养老机构每年都在增加，其中就有一些不法分子趁机以各种由头对老年人展开诱骗，'以房养老'就是其中一种类型。李康胜在重庆注册了一家公司，以电话销售的方式，向老年人推荐'以房养老'类的理财产品。当然，公司的法人并不是李康胜本人。他们宣传这类产品，不用出租房子也能赚钱，还能生出一部分钱借给小微企业。而且操作模式还特别安全，客户全程参与。不用出钱，只要把房子拿出来做个担保就行，不影响居住和出租，每个月还能按时拿到一些零花钱，公司不会触碰房主资金，只赚中间的差额利息。"

"这听起来确实挺诱人的！"万定邦道。

乔俊烈摇摇头。"就是个骗局！其实这种骗局十分老套，但架不住人都有贪念，他们就是利用老人的贪念来骗钱的。李康胜公司的工作人员每周每月都会给一些独居老人发材料，劝说他们参与。有的架不住诱惑，就和他们签了合同。接下来，他们会派人上门，对房子的价值进行评估，下一步就是去不动产交易中心等部门走程序。走完程序后，他们会先给老人打一笔利息，稳住人心。但在此之后，公司就会以各种理由拖延打款，最后失联，老人去讨说法时，公司已经人去楼空了。"

冰啤酒被送上了桌，服务员问"要开几瓶"，乔俊烈说"都开了"。

"后来这帮老人发现，李康胜的公司将他们的房产抵押后，从第三方获取了借款，后来无法还款了，第三方就向仲裁委提起申请执行他们的房产。从合同约定层面来看，将房子进行抵押的贷款人，并非李康胜的公司，而是这些老人自己。整个过程，其实就是一个闭环。老人最后落得房财两空的地步。后来，徐逸发现了这家公司的问题，出于良心，便瞒着李康胜偷偷去向那些老人报信，就这样坏了李康胜好几桩买卖。"

"所以李康胜怀恨在心，就把他杀了？"

"动手的未必是李康胜，但很有可能是他授意的。"

"买凶杀人？"万定邦道。

"警方也不傻，发现徐逸被害后，立刻展开调查，并且查封了这家诈骗公司，查到李康胜身上时，却发现这家伙竟然有牢不可破的不在场证明。案发当日，他人并不在重庆，而是在北京。这样一来，他的嫌疑就算洗清了。徐述圣还在继续暗中调查他儿子的案子，他知道凶手就是李康胜，但自己却没有办法证明。"乔俊烈给自己倒了一杯啤酒。

"所以杀死李康胜的念头，从那个时候就埋下了。"

"没错。"乔俊烈一口干了啤酒。看来他是真的渴了。

"他妈的，我还以为这李康胜是个好人，看来他在川东市开乐福园养老院，也是想借机敛财！真是人心隔肚皮。而且目标还是容易受骗上当的老人。不过养老院的经营和之前的诈骗公司也不同，他怎么靠养老院骗钱呢？"

"这就是一个新的套路了。你记得李康胜曾经对杨青青说，等他挣到钱了，就带她离开川东市吗？"乔俊烈问道。

"记得，怎么啦？"

"这说明李康胜这次想玩一盘大的！乐福园养老院只是个幌子，其真实的目的就是以提供养老服务为名，向院内数百名中老年人非法集资！通过免费住高端养老院，吸引老年人采用线下签约的方式投资，每个月还可以拿到一定比例的回报，老人当然趋之若鹜。最后资金链断裂，天文数字的投资款无法兑付，随后李康胜失联。这招数也不怎么新鲜，只是他拟定的产品还未来得及推出，人就被刘文德杀死了。"

"你觉得最后会怎么判？"万定邦问。

"按照徐述圣的病情，他撑不了多久了，接下来的日子恐怕也会在医院度过，李康胜之死虽不是他所为，但也算是圆了他的复仇梦。钱志国和戴兴华就没那么好运了，毕竟他们参与了杀人，结局不会太好，牢狱之灾估计免不了。不过呢，此案的主犯毕竟是徐述圣，而且徐述圣也扛下了大部分罪行，再加上他俩的行为也确实有被煽动教唆的成分，所以我认为判决时会把这一因素考虑进去，法院会酌情减刑。"

万定邦长吁一声，不知是在为钱志国和戴兴华惋惜，还是在嗟叹人生的无常。

"靠吸食老人财产和生命为食的恶兽，最后却被老人杀死，真是讽刺啊！邦哥，你说是不是？"乔俊烈朝万定邦举起了酒杯。

万定邦会意，也拿起杯子和他碰杯。

4

第二天起床已是中午时分，万定邦感到头疼欲裂，不知道是凌晨和乔俊烈喝了太多酒，还是因为年纪大了经不起熬夜。到他这样的岁数，睡眠质量本来就不高，如果打乱了生物钟，再要调整过来就很麻烦。

万定邦刷完牙，洗了把脸，正准备穿衣服去警局，忽然发现手机上有一个未接来电。

年纪大了容易耳背，漏听电话的事经常会发生，再打过去就是了，万定邦从不会把这种小事放在心上。但这次好像不同，因为打给他的人是女儿万秋怡。

万定邦的心开始狂跳起来。

女儿已经好多年没有主动联系过他了,逢年过节他发去的祝贺短信,也都没有回音。渐渐地,万定邦也产生了幻觉——究竟自己是不是还有个女儿?

他拿起手机,怔怔地看了半天。对他来说,这一切来得太快,也太不真实了。

最终,他还是下定决心,回拨了过去。

电话响了几声,那边就接了。是个清脆的女声。

"喂,你没事吧?"

"我……我当然没事了。"万定邦搞不懂自己为什么会慌张,身为刑警,面对再凶悍的歹徒他都没此时的紧张。

"没事就好。"对方也沉默了一会儿,"你今天有没有空?"

"有!"万定邦不假思索地答道。

"那……要不要见一面?"

"好啊,你离哪里比较近,我过来。"

万定邦感觉自己说话的声音有点颤抖,他希望不要被女儿听出来。

万秋怡想了想,报出了一个地址。

"听说那边的咖啡不错,我请你喝。"她说,"一小时后见?"

"好,一小时后见!"

挂断电话,万定邦还是没能从那股情绪中走出来——这一切太不真实了。

女儿选择的那家咖啡馆位于广福区的商业中心。万定邦认真地刮了胡子,选了一套干净的衬衫和裤子,配上他上周让包小婷从网上代购的进口皮鞋,整个人打扮得十分体面。上班时那些破破烂烂的衣服是不能穿了。他希望给多年未见的女儿一个好印象,尽管他不知道女儿此番要见他的目的是什么。临走时他还不忘照一下镜子,看看自己的发型是不是凌乱。

万定邦上一次这样注意仪表,还是在和前妻约会的时候。

驱车三十分钟,万定邦就到了约定的地点。他找了一处安静的角落落座,然后静静地等待。他没有给女儿发短信说已经到了,他怕女儿太急,反正他也不赶时间。

已经等了那么多年,再多等十几分钟也无妨。

还是有点紧张。

万定邦松开了衣领第一颗纽扣,这样会让颈部舒服一点。他想等女儿来了,再重新扣上,这样至少会让他显得更正式一点。

真的好紧张。几十年来蹲守罪犯也没这样害怕过。万定邦怕自己说错一句话,就会让女儿离开。

咖啡馆的玻璃门每一次被推开,都会牵扯到他的神经。

他会抬起头望一眼。第一次是个中年男人,第二次是个小孩,第三次是个大妈……

没有少女。所以女儿还没来。

记不清咖啡馆的门是第几次被推开,万秋怡穿着一套红色的连衣裙,朝万定邦走来。这个画面像是在梦里一样。

万定邦忙站起身迎接她。

"对不起,我来晚了,路上有点堵!"

万秋怡说话时的表情略带一丝尴尬,但道歉却是真诚的。

"没事,没事,我也刚到!"万定邦挥挥手。

"你坐下吧,我们站着干吗?"

万秋怡指了指万定邦身旁的椅子,然后自己先坐了下来。这时,服务员走近他们桌,问他们想要点些什么饮料。

"我随便,小怡,你看着办。"万定邦说。

"那给我们来两杯拿铁。"万秋怡对服务员说。

待服务员走开后,万定邦清了清嗓子,对女儿道:"小怡,你这次找我,是不是有什么困难?如果我能帮得上忙,一定会帮你的。"

他在路上不是没想过女儿找他的理由,其中最有可能的就是女儿经济上出现了问题。万定邦虽没多少存款,但是如果女儿有需要,他愿意把自己住的房子卖掉。别人他不知道,但作为父亲,他愿意为女儿去死,何况是钱。

听见父亲这么说,万秋怡也有点惊讶,她忙道:"你是不是以为我要问你借钱?"

"啊……不,当然不是……"

"你放心啦,我又不是啃老族!"万秋怡露出了笑容,"跟你讲,我大学毕业之后去了一家广告公司,现在是客户经理,老板很器重我,所以工资还算可以啦!你放心!"

"不是这个意思,如果你将来有需要帮忙的地方,一定要跟我讲。"

万秋怡见万定邦那认真严肃的表情,忽然心头一阵难受。两人相对无言许久,她深深地吸了一口气,吸气是为了不让眼泪流下来。她说:"爸爸,对不起。"

万定邦不敢相信自己的耳朵。这声"爸爸"他本以为这辈子都听不到了。

万秋怡说完就哭了。

"小怡,你怎么了?是不是有人欺负你?你干吗和爸爸道歉,你没有对不起爸爸,是爸爸对不起你啊!"万定邦的眼睛也红了。他从桌上的纸巾盒里抽出两张纸巾,递给女儿,但万秋怡没接,还是低头在哭。

哭声不大，但听在万定邦耳中却极为响亮。这让他想起万秋怡还是婴孩的时候，每次哭闹都牵扯着他的心。

直到服务员将咖啡端上桌，万秋怡才止住哭声，她默默用纸巾擦拭着眼角的泪水。

"我不知道你这些年是怎么过的，我没有尽女儿的责任，我还一直不理你……"

"你看爸爸不是挺好的吗？你哭什么呢。就是……你为什么突然来找爸爸了呢？"

万秋怡对他的态度发生了一百八十度的转变，万定邦总觉得发生了他不知道的事。

他的直觉是对的。

"乔警官来找过我。"她说，"他把一切都告诉我了。"

"乔俊烈？"万定邦瞪大双眼，"什么时候？"

"就是昨天晚上。"万秋怡如实答道。

昨天晚上？原来乔俊烈找万定邦吃火锅之前，先去和万秋怡见了一面，并且把万定邦打算带进棺材的秘密，都告诉了他女儿。万秋怡这才知道，原来当年是母亲先做了对不起父亲的事，而父亲为了顾全母亲的颜面，把一切都扛了下来。

她还记得母亲家里人是怎么骂父亲的，各种难听的话都有，说他是个不负责任的男人，是个抛妻弃子的男人，说他不配当个男人。但是母亲却坐在一旁，什么都没解释。

这些年所有的事都涌上了万秋怡的心头。她这才发现最苦的人是父亲。

母亲至少还有她，而父亲呢？一个人孤独地过了这么多年。

万秋怡抹着眼泪说道："乔警官对我说，世界上最痛苦的事，就是子欲养而亲不待。他和我的境遇很像，唯一不同的就是他再也不能亲自对父亲说一声对不起了，而我还有机会。所以他希望我能来见你，当面和你道歉。"

"那时候你还小，能懂什么？你不需要和爸爸道歉。"

万定邦心想，乔俊烈这小子做的事果然出人意料。谁会想到他竟然在工作的空隙，还特地去见了万秋怡，替万定邦解决了父女之间的误会。

"乔警官人真的很好。我刚见面的时候还骂他，现在想起来真是惭愧。"万秋怡又道，"下次见到他，我一定要当面道歉。"

"道什么歉，骂得好！谁让这小子多管闲事……"

万定邦苦笑着端起了桌上的咖啡杯，脑海里浮现出昨夜乔俊烈一脸坏笑的样子。

这杯拿铁还冒着热气，喝下去应该会很暖和。

图书在版编目（CIP）数据

枭獍 ／ 时晨著. -- 北京：新星出版社，2022.8
ISBN 978-7-5133-5011-2

Ⅰ. ①枭… Ⅱ. ①时… Ⅲ. ①推理小说-中国-当代 Ⅳ. ① I247.5
中国版本图书馆 CIP 数据核字（2022）第 146864 号

枭獍

时晨 著

责任编辑：刘　琦
责任校对：刘　义
责任印制：李珊珊
封面绘制：插　芸
装帧设计：hanagin

出版发行：新星出版社
出 版 人：马汝军
社　　址：北京市西城区车公庄大街丙3号楼　　100044
网　　址：www.newstarpress.com
电　　话：010-88310888
传　　真：010-65270449
法律顾问：北京市岳成律师事务所

读者服务：010-88310811　　service@newstarpress.com
邮购地址：北京市西城区车公庄大街丙3号楼　　100044

印　　刷：北京天恒嘉业印刷有限公司
开　　本：910mm×1230mm　　1/32
印　　张：8.25
字　　数：121千字
版　　次：2022年8月第一版　　2022年8月第一次印刷
书　　号：ISBN 978-7-5133-5011-2
定　　价：48.00元

版权专有，侵权必究；如有质量问题，请与印刷厂联系调换。